哈巴國

范泉 著

范泉（一九一六年—二〇〇〇年）

原名徐煒，江蘇金山（今屬上海市）人。作家、翻譯家、出版家。早年畢業於復旦大學新聞系。曾任上海《中美日報》副刊主編、上海永祥印書館編輯部主任、上海書店總編輯。著有《文海硝煙》，譯有《魯賓遜飄流記》等，主編過《中國近代文學大系》。《哈巴國》是他的一部兒童文學作品集。

總序一

兒童文學的歷史與記憶

林文寶

大陸海豚出版社所出版之中國兒童文學經典懷舊系列，要在臺灣出版繁體版，這是臺灣兒童文學界的大事。該套書是蔣風先生策劃主編，其實就是上個世紀二、三十年代的作家與作品，絕大部分的作家與作品皆已是陌生的路人。因此，說是經典有失嚴肅；至於懷舊，或許正是這套書當時出版的意義所在。如今在臺灣印行繁體版，其意義又何在？

考查各國兒童文學的源頭，一般來說有三：

一、口傳文學

二、古代典籍

三、啟蒙教材

而臺灣似乎不只這三個源頭，綜觀臺灣近代的歷史，先後歷經荷蘭人佔據三十八年（一六二四—一六六二），西班牙局部佔領十六年（一六二六—

一六四二），明鄭二十二年（一六六一—一六八三），清朝治理二〇〇餘年（一六八三—一八九五），以及日本佔據五十年（一八九五—一九四五）。其間，相當長時間是處於被殖民的地位。因此，除了漢人移民文化外，尚有殖民者文化的滲入；尤其以日治時期的殖民文化影響最為顯著，荷蘭次之，西班牙最少，是以臺灣的文化在一九四五年以前是以漢人與原住民文化為主，殖民文化為輔的文化形態。

一九四五年十月二十五日國民黨接收臺灣後，大陸人來臺，注入文化的熱血液。接著一九四九年十二月七日國民黨政府遷都臺北，更是湧進大量的大陸人口。而後兩岸進入完全隔離的型態，直至一九八七年十一月臺灣戒嚴令廢除，兩岸開始有了交流與互動。一九八九年八月十一至二十三日「大陸兒童文學研究會」成員七人，於合肥、上海與北京進行交流，這是所謂的「破冰之旅」，正式開啟兩岸兒童文學交流歷史的一頁。

其實，兩岸或說同文，但其間隔離至少有百年之久，且由於種種政治因素，目前兩岸又處於零互動的階段。而後「發現臺灣」已然成為主流與事實。

因此，所謂臺灣兒童文學的源頭或資源，除前述各國兒童文學的三個源頭，又有受日本、西方歐美與中國的影響。而所謂三個源頭主要是以漢人文化為主，其實也就是傳統的中國文化。

臺灣兒童文學的起點，無論是一九〇七年（明治四〇年），或是一九一二年（明治四十五年／大正元年），雖然時間在日治時期，但無疑臺灣的兒童文學是屬於華文世界兒童文學的一支，它與中國漢人文化是有血緣近親的關係。因此，了解中國上個世紀新時代繁華盛世的兒童文學，是一種必然尋根之旅。

本套書是以懷舊和研究為先，因此增補了原書出版的年代（含年、月）、出版地以及作者簡介等資料。期待能補足你對華文世界兒童文學的歷史與記憶。

林文寶，現任臺東大學榮譽教授，曾任臺東大學人文學院院長、兒童文學研究所創所所長、亞洲兒童文學學會臺灣會長等。獲得第三屆五四兒童文學教育獎，中國文藝協會文藝獎章（兒童文學獎），信誼特殊貢獻獎等獎肯定。

原貌重現中國兒童文學作品

蔣風

今年年初的一天，我的年輕朋友梅杰給我打來電話，他代表海豚出版社邀請我為他策劃的一套中國兒童文學經典懷舊系列擔任主編，也許他認為我一輩子與中國兒童文學結緣，且大半輩子從事中國兒童文學教學與研究工作，對這一領域比較熟悉，了解較多，有利於全套書系經典作品的斟酌與取捨。

一開始我也感到有點突然，但畢竟自己從童年開始，就是讀《稻草人》《寄小讀者》《大林和小林》等初版本長大的。後又因教學和研究工作需要，幾乎一而再、再而三與這些兒童文學經典作品為伴，並反復閱讀。很快地，我的懷舊之情油然而生，便欣然允諾。

近幾個月來，我不斷地思考著哪些作品稱得上是中國兒童文學的經典？哪幾種是值得我們懷念的版本？一方面經常與出版社電話商討，一方面又翻找自己珍藏的舊書。同時還思考著出版這套書系的當代價值和意義。

中國兒童文學的歷史源遠流長，卻長期處於一種「不自覺」的蒙昧狀態。而清末宣統年間孫毓修主編的「童話叢刊」中的《無貓國》的出版，可算是「覺醒」的一個信號，至今已經走過整整一百年了。即便從中國出現「兒童文學」這個名詞後，葉聖陶的《稻草人》出版算起，也將近一個世紀了。在這段不長的時間裡，中國兒童文學不斷地成長，漸漸走向成熟。其中有些作品經久不衰，而一些作品卻在歷史的進程中消失了蹤影。然而，真正經典的作品，應該永遠活在眾多讀者的心底，並不時在讀者的腦海裡泛起她的倩影。

當我們站在新世紀初葉的門檻上，常常會在心底提出疑問：在這一百多年的時間裡，中國到底積澱了多少兒童文學經典名著？如今的我們又如何能夠重溫這些經典呢？

在市場經濟高度繁榮的今天，環顧當下圖書出版市場，能夠隨處找到這些經典名著各式各樣的新版本。遺憾的是，我們很難從中感受到當初那種閱讀經典作品時的新奇感、愉悅感、崇敬感。因為市面上的新版本，大都是美繪本、青少版、刪節版，甚至是粗糙的改寫本或編寫本。不少編輯和編者輕率地刪改了原作的字詞、標點，配上了與經典名著不甚協調的插圖。我想，真正的經典版本，從內容到形式都應該是精致的、典雅的，書中每個角落透露出來的氣息，都要與作品內在的美感、精神、品質相一致。於是，我繼續往前回想，記憶起那些經典名著的初版本，或者其他的老版本——我的心不禁微微一震，那裡才有我需要的閱讀感覺。

在很長的一段時間裡，我也渴望著這些中國兒童文學舊經典，能夠以它們原來的面貌重現於今天的讀者面前。至少，新的版本能夠讓讀者記憶起它們初始的樣子。此外，還有許多已經沉睡在某家圖書館或某個民間藏書家手裡的舊版本，我也希望它們能夠以原來的樣子再度展現自己。我想這恐怕也就是出版者推出這套書系的初衷。

也許有人會懷疑這種懷舊感情的意義。其實，懷舊是人類普遍存在的情感。它是一種自古迄今，不分中外都有的文化現象，反映了人類作為個體，在漫長的人生旅途上，需要回首自己走過的路，讓一行行的腳印在腦海深處復活。

懷舊，不是心靈無助的漂泊；懷舊也不是心理病態的表徵。懷舊，能夠使我們憧憬理想的價值；懷舊，可以讓我們明白追求的意義；懷舊，也促使我們理解生命的真諦。它既可讓人獲得心靈的慰藉，也能從中獲得精神力量。因此，我認為出版本書系，也是另一種形式的文化積澱。

懷舊不僅是一種文化積澱，它更為我們提供了一種經過時間發酵釀造而成的文化營養。它為認識、評價當前兒童文學創作、出版、研究提供了一份有價值的參照系統，體現了我們對它們批判性的繼承和發揚，同時還為繁榮我國兒童文學事業提供了一個座標、方向，從而順利找到超越以往的新路。這是本書系出版的根本旨意的基點。

這套書經過長時間的籌畫、準備，將要出版了。

我們出版這樣一個書系，不是炒冷飯，而是迎接一個新的挑戰。

我們的汗水不會白灑，這項勞動是有意義的。

我們是嚮往未來的，我們正在走向未來。

我們堅信自己是懷著崇高的信念，追求中國兒童文學更崇高的明天的。

二〇一一年三月二〇日

於中國兒童文學研究中心

蔣風，一九二五年生，浙江金華人。亞洲兒童文學學會共同會長、中國兒童文學學科創始人、中國國際兒童文學館館長。曾任浙江師範大學校長。著有《中國兒童文學講話》《兒童文學叢談》《兒童文學概論》《蔣風文壇回憶錄》等。二〇一一年，榮獲國際格林獎，是中國迄今為止唯一的獲得者。

目錄

哈巴國

在九千九百九十九年前，世界上有一個哈巴國，哈巴國裡的東西真是好看呀：那裡的雞蛋是方的，饅頭是扁的，一切的糖果都是苦的，所有的人是為了死而活著的。

在哈巴國裡的小朋友，如果看見了一塊糖的時候，他就會對媽媽說：

「媽媽，苦！苦！」

因為一切的糖都是苦的！

而那個哈巴國的國王，最是喜歡吃苦。他的袋子裡裝滿了糖果，每天每天，他老是用手往袋子裡一摸，拿到了一塊糖，心裡就想：「苦啊，多麼好吃的苦啊！」就用手抓住了這塊糖，往嘴巴裡一擲，「咕——」的一聲，糖就往肚子裡鑽下去了。這時候，他就笑咪咪，嘻開了闊嘴巴，「嘻嘻嘻嘻」的笑個不停：多麼好吃的苦啊！

哈巴國的國王實在太喜歡吃苦了，所以他特地用了一個大臣，他的名字叫胡說八道，專門替他管理吃苦。每天每天，在哈巴國的國王還沒有起身的時候，胡說八道就睜開了眼，要要緊緊地從床上爬起來，嘴裡嘰哩咕囉的，像一隻老鼠一般的，輕輕地鑽到了哈巴國的國王的房裡，把大批大批的糖，裝在那個國王的袋子裡。

哈巴國的國王是大鼻子，他躺在床上睡覺，氣從大鼻子裡噴出來，就像一個電風扇，呼吐呼吐的吹個不停。有時候呼得實在太厲害了，呼吐一聲，那個大鼻子就給他呼出來了，呼到了半空裡；或者打在玻璃窗上，咚的一聲，彈了回來，像蝴蝶一般的，又躲在他的鼻管上。

有一次，哈巴國的國王吃苦吃得實在太多了，實在太快活了，就睡得實在太熟。他在夢裡也在吃苦。他的闊嘴巴裡老是說：「苦！苦！」一面用他粗大的手，往袋子裡一摸，往嘴巴裡一丟：

「咕——！咕——！」

多麼好吃的苦呀！多麼幸福的自己呀！

哈巴國國王這麼一想，就在夢裡呼吐的一笑。他笑得實在太厲害了，一不小心，那一口氣，竟把他的鼻子呼到不知什麼地方去了。

一直等到醒回來的時候，覺得鼻管那裡似乎少了一樣東西，用手一摸，才知道自己的鼻子已經遺失了。

一個人遺失了鼻子，多麼難看呀！

於是哈巴國國王歪歪他的闊嘴巴，叫他的吃苦大臣胡說八道和財政大臣三七二十一來，他先對胡說八道說：

「咕——，咕——，你知道麼：昨天晚上我在夢裡吃苦，吃得實在太快活的時候，呼的一聲，把自己的鼻子也呼到不知什麼地方去了。你在早上裝糖的時候，難道沒有看見它麼？咕——，咕——！」

胡說八道連忙抓抓頭皮，跪在地上回答說：

「看，看，看見的，可是，又好像不，不，不看見。後來我裝好了糖，只聽見您呼吐——吐的一，一，一聲，那鼻子就，就，就不見了。可是，可是，我，我，我好像又不，不看見！後來走到了院子裡，天空裡有一樣黑，黑，黑的東西，我看見那，那，那是您的鼻子，可是我，我，我好像又不看見！後來我看，看，看見，後來又好像看，看，看不見！後來我看，看，看見，後來好像看不見！後來……」

「你真是，胡說八道！咕——！咕——！」

哈巴國國王氣得實在太甜了，就想吃吃苦，就把一塊一塊的糖往闊嘴巴裡盡塞，盡吃，咕！咕！

後來哈巴國國王就歪歪他的闊嘴巴，問到了那個三七二十一，他說：

「喂，你，三七二十一，你在算帳的時候，一定很細心，一定會看見我的鼻子！咕——，咕——！現在限你三天，把我的鼻子找出來！咕——！咕——！」

三七二十一聽了國王的話，嚇了一跳，就趕忙回答說：

「是的。是的。不管三七二十一，我要找到它！不管三七二十一，我在三天裡找到它！不管三七二十一……」

「好了，好了，」哈巴國國王聽得實在有些不耐煩，就想吃苦，就把一塊糖往嘴巴裡一丟，——咕！於是就說：

「好了，好了，不管三七二十一，你立刻去找！不管三七二十一，在三天裡你把所有找到的鼻子都送給我！」

「不管三七二十一，都送給你，都送給你！不管三七二十一，什麼東西都送給你。不管三七二十一，一切都送給你！不管三七二十一……」

三七二十一一面說著，一面倒退出去，一直退到了自己的辦公廳裡。

三七二十一的辦公廳裡全是算盤。三七二十一只懂得打算盤，三七二十一的算盤在哈巴國裡的人都知道，都稱讚，都說：「三七二十一真是一個數學專家，真是偉大呀，因為三七二十一不會算出三七二十四，或者三七二十八，三七二十一的算盤真是偉大呀！三七二十一真是一個數學專家！」

可是現在，三七二十一要找鼻子了！

怎麼辦呢？叫三七二十一到哪裡去找呢？

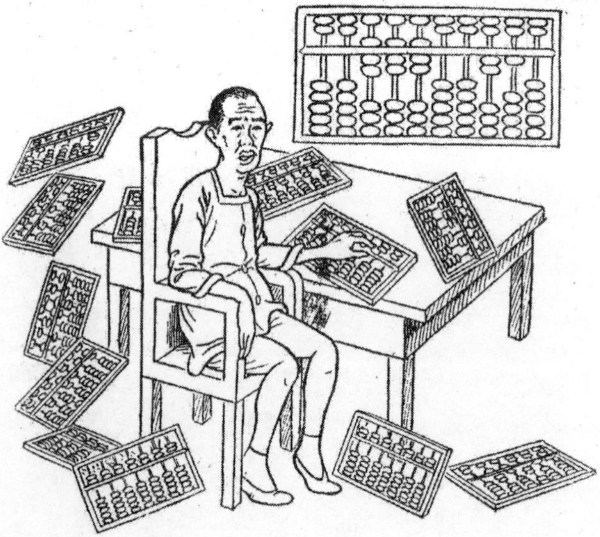

三七二十一在辦公廳裡坐了一天，實在找不到，心裡急起來了，就把全部的算盤都堆在他的辦公桌子上，用用心心的撥。但是一切的算盤只能打出三七二十一，不會打出三七二十四，或者三七二十八，怎麼辦呢？叫他到什麼地方去找呢？

第二天，三七二十一心裡實在有些慌了，就召集他的部下說：

「不管天下的算盤只能算三七二十一，你們必須去找出那個大鼻子。不管三七二十一，找得到或找不到，你們必須找出那個大鼻子！」

三七二十一的部下聽了他的話，只得說：

「不管三七二十一，我們在兩天以內找到那個大鼻子！」

於是立刻，三七二十一的部下，寫了許許多多的木牌子，上面說道：

> 國王遺失了大鼻子，快快找來！快快找來！
> 凡看見木牌子的人，不管三七二十一，
> 把一切的鼻子都要找來！

木牌子在哈巴國的每條大路上豎立著。

哈巴國的人民看見了木牌子，心裡就一跳，到哪裡去找呢？

一直到了第三天的晚上，哈巴國的人民實在弄得沒有辦法了，就只得割下了牛鼻子，羊鼻子和豬鼻子，交到了三七二十一的辦公廳裡。

三七二十一的辦公廳裡實在裝不下這許多鼻子，就索性把這些鼻子裝在大卡車裡，一車車的運到國王的宮裡去。

哈巴國國王聽到大鼻子找到了不少，心裡實在快活極了，就想多吃一些苦，就索性把糖兩塊兩塊的丟到闊嘴巴裡去：

「咕咕，咕咕，咕咕！」

哈巴國的國王多麼幸福呀！

哈巴國的國王就命令胡說八道說：

「你從這些大鼻子裡去找出我鼻子來吧！」

胡說八道用了十多個人，找了半天，找出了一百零六個頂頂大的大鼻子，送到國王的面前。

胡說八道說：

「這些鼻，鼻，鼻子都是大，大鼻子，都是您，您的鼻子。」
哈巴國的國王看了看，數了數，就大聲的罵：
「胡說八道！」
不是麼：哈巴國的國王只有遺失一個鼻子，怎麼會有一百零六個鼻子呢？
後來哈巴國的國王仔細一看，就嚇了一跳：
「這些都不是人鼻子——不是人鼻子呀！不是人的鼻子怎麼可以裝在人的鼻管上呢？」
哈巴國的國王實在氣得不成話了，實在一點也不快活，實在沒有一點興趣，心裡實在想要多吃些苦，就索性把糖三塊三塊的丟到闊嘴巴裡去：
「咕咕咕，咕咕咕！」
咕了老半天老半天，哈巴國的國王才大聲說：
「我要人鼻子！」
這時候胡說八道嚇得滿頭是汗，只得連連的點頭：
「是，是，不是，是！兩天以內，一天以內，兩天以內，我叫三七二十一去找到人鼻子，人鼻子，狗鼻子，人鼻子！……」

「胡說八道！是人鼻子，不是狗鼻子！咕咕咕！」
哈巴國的國王氣得肚皮都有些脹了，咕咕咕！
可是胡說八道已經像老鼠一般的溜到了三七二十一那裡去。他叫三七二十一去找人鼻子。
人鼻子都生在人的身上，叫三七二十一到哪裡去找呢？
可是——
「不管三七二十一，我要去找，去找！」
三七二十一剛剛算到第三百六十六個的三七二十一，便立刻丟開了算盤，不再算了，跑到他的書記那裡去，對他說：
「不管三七二十一，我要你出一張布告，說：不管三七二十一，叫全國的大胖子，把自己的大鼻子割下來，割下來！不管三七二十一，大鼻子必須在七天以內送到！」
第二天，布告貼出來了。整個哈巴國裡的報章雜誌上都刊出了新聞，無線電臺上播送著消息，要所有的大胖子，快快交出自己的大鼻子來！
哈巴國裡的大胖子們看見了和聽到了那樣的新聞，都嚇得連走路都走不動了。

有幾個新聞記者也是大胖子，就覺得把自己的大鼻子割掉，實在太難看了，實在不能再出去採訪新聞了，於是都寫了一篇一篇的文章，在報章雜誌上刊出，表示抗議——反對交出大鼻子！

後來，有幾家廣播電臺的廣播員也是大胖子，他們摸摸自己的大鼻子，就有些擔心起來。

後來心裡實在著急了，就索性在廣播電臺裡也廣播：

「我們反對交出大鼻子！」

沒有幾天，整個哈巴國裡的大胖子，都大規模地開起會來，而且到處演講，說明了沒有鼻子以後的不方便。

他們要求：不管是大胖子和小瘦子，大家一致聯合起來，反對交出大鼻子！

「反對交出大鼻子！」

「大胖子和小瘦子一致聯合起來！」

「打倒我們的國王！」

「打倒國王的大鼻子！」
「打倒一切的打倒！」
在街頭巷尾充滿了一片的口號聲。
這使三七二十一有些為難了：這到底怎麼辦好呢？
但是三七二十一還有不管三七二十一，他向他的部下說：
「不管三七二十一，你們帶了刀去割大鼻子吧！」
當三七二十一的部下走到大街上的時候，大胖子們都躲起來了，他們從門縫裡喊口號：
「打倒三七二十一！」
「我們反對三七二十一，我們要革命！我們主張三七二十八！」
「我們主張三七二十七！」

「三七二十五萬歲！」
「擁護三七二十七！」
最後連小瘦子們也喊起來了：
「實行三七二十九主義！」
「三七二十一革命萬萬歲！三七二十幾應當由人民來主張！民主萬萬歲！」
「三七二十一的部下走到哪裡，革命和民主的聲浪就響到哪裡。」
三七二十一的部下聽得實在有些可怕了，就回去報告三七二十一。
三七二十一抓抓頭皮，心裡想：
「怎麼辦呢？」
後來在算盤上打了九百四十次的三七二十一，於是三七二十一就決定：「不管三七二十一，回去告訴國王去！」
哈巴國的國王聽到全國人民反對交出大鼻子，而且全國人民都主張革命，主張民主，主張三七二十八，或者三七二十七，聽呀聽的就有些氣昏，就覺得實在太甜了，需要吃些苦，就索性用手一刻不停地，把袋子裡的糖，一塊一塊的丟在闊嘴巴裡去：

「咕咕咕咕咕！咕咕咕咕咕！」

但是丟到第八百六十七塊糖的時候，突然從自己的衣袋子裡摸出了自己的大鼻子！

他快樂得直叫：

「我的大鼻子呀！」

原來哈巴國國王的大鼻子，最初飛在一堆糖堆裡，給胡說八道胡亂地混在一起，裝在國王的衣袋裡了。

再差一點，那大鼻子就要給國王吞到肚子裡去了。

哈巴國的國王真是幸運呀！

現在，哈巴國的國王是全世界最最快樂的人了！

他拉開了那個闊嘴巴，嘻嘻嘻嘻的笑。

他立刻把大鼻子裝到了自己的鼻管上。

「咕！咕！」一塊一塊的糖丟在他的闊嘴巴裡。

他吃苦吃得實在太快樂了，就大發慈悲，就對三七二十一說：「好，好吧，從明天起，實行『民主』吧！咕！咕！」

但是哈巴國國王的「民主」是怎樣的呢？

他想了一夜又二小時零一百七十三分鐘，想好了以後，就用很大很大的布告，公布了他的「民主」的大條文：

第一，民主，民主必須有「民」也有「主」。

第二，全國的人民都是「民」，只有哈巴國的國王一個人是「主」。

第三，在民主的世界裡，一切的言論絕對的自由，所以全國的報紙必須在白紙上印白字，因為白字代表了頂頂大的大自由。（如果要省掉稿費和排印費，那索性用白報紙來送給報紙的讀者吧，哈巴國的國王絕對尊重你的自由！）

第四，雜誌和一切的出版物，連以後哈巴國國王的布告，也都會用白字印在白紙上。

第五，在民主的世界裡，集會結社也是絕對的自由，所以全國人民在開會的時候，無論主席或會員，都不准開口討論和說話，因為無聲的會議最是自由，各人的思想可以自由地深入到雲裡去，夢裡去，地球以外的世界去。

第六，在民主的世界裡，無線電播音絕對自由，不過只許用無聲播音；遊行示威也是絕對的自由，不過遊行的隊伍人數，不能超過一個人！

以上這六條關於「民主」的條文，就是全世界最最聞名的《哈巴國的民主宣言》。

自從《民主宣言》公布了以後，整個哈巴國的人民都快樂得發狂了。有些人就索性快樂得倒在地上，不動，斷氣了，因為他們的心裡都想：「反正人是為了死而活著的，還是死吧，還是死吧，快快樂樂的死吧！」所以他們都死了。

但是有些人卻不願意就立刻死去，他們說：

「國王的恩惠多偉大了，我們不能只顧自己的快樂——讓自己快快樂樂的死，我們要開會遊行寫文章，我們要報答國王的恩惠！」

所以立刻，沒有死的人就開起會來，遊起行來，寫起文章來。

當他們集會慶祝民主運動勝利的時候，整個會議廳裡的人都默默無言，主席站在臺上，站了七天七夜也不說一句話。但是「無言的話」，在主席的心裡實在說得太多了，就疲倦得索性像豬玀一樣的倒了下來，躺在地板上。下面的聽眾，老是聽著主席的「無言的話」，實在聽得太多了，太認真了，就都索性呼吐呼吐地打瞌睡了。

慶祝民主運動勝利的大遊行更是熱烈：在馬路中，在大街小巷裡，在鄉村的泥路上，凡是一個人的隊伍，都是遊行示威的大隊伍。所以早上，娘娘太太們一個一個到街上去買菜，也成為祝民主運動勝利的遊行隊伍。一個小孩子如果在馬路上拉尿，也被人看做是慶祝民主運動勝利的示威大隊伍。

至於說到民主的論文，那幾乎每天每天在報紙上發表。譬如現在，哈巴國國王拿到了一張才從造紙廠裡運出來的白紙，他就說：

「喂，你們看，今天的報紙上又全是民主的論文，多可愛呀！咕咕！」

那坐在旁邊的胡說八道便笑嘻嘻，好像遇到了一次新奇的發現似的，大驚小怪地嚷：

「唉呀，可不是！正，正，正面和反面，每一張報，報紙，每一個角，角落，都是民主論文，都不是民主論文，都，都是，都，都不是，都，都是，都，都不是……」

「又在胡說八道，你！咕咕！」哈巴國國王歪了歪闊嘴巴，又吞下了兩塊糖。

坐在板凳上的三七二十一，就趕忙插嘴說：

「真是，不管他三七二十一，都是民主論文！不管他三七二十一，完全是民主論文！不管……」

「對呀！咕咕！真聰明呀，你！咕咕！」哈巴國國王老是吞著一塊一塊的糖。他快樂得想：「咕咕！我現在是民主國的國王了，——多麼偉大的我呀！我呀！咕咕！」

哈巴國國王——不，現在是民主國的國王，實在是太快樂了，他的闊嘴巴裡裝滿了糖，氣也來不及喘，就往鼻子裡直沖，終於把那個大鼻子又沖到玻璃窗上去了。幸虧三七二十一搶得快，把那大鼻子抓住，又裝到了國王的鼻管上。

國王很感激，他說：「不管三七二十一，三七二十一總是三七二十一！咕咕！」

國王的話多民主呀！

一個民主國的國王的話，連說話也民主起來

了。——那是一千九百五十三分的民主呀！

可是突然，有一天，哈巴國國王說：

「咕咕！我還不夠民主，一個民主國的國王，應該到民間去看看，應該看看人民的大鼻子多不多；人民的大鼻子，是不是常常快樂得從鼻管上沖出去，沖出去，一直沖到玻璃窗上去。咕咕！——現在只有沖出去的鼻子，才是頂頂民主的，頂頂民主的呀！咕咕！」

這時候，三七二十一正站在國王的旁邊，他正在肚子裡打算盤，他在肚子裡說著：

「三七二十一總是三七二十一。不管他民主不民主，三七二十一總是三七二十一！」

國王看見三七二十一呆呆地立在那裡，不理睬國王的話，他就氣得滿臉通紅，一股氣把他的肚子都氣脹了，氣得像一個大冬瓜一樣，而且越氣越大，把國王的褲子帶也氣斷了。

啊呀，那肚子現在像一個皮鼓了！

啊呀，現在，那肚子越氣越大，竟像一隻醬油店裡的七石缸。

可是，哈巴國國王的肚子，還是不管三七二十一，氣呀氣的，把哈巴國國王的褲子都綳破了！

一個人沒有了褲子多難為情呀！

快呀，哈巴國國王快些把氣從鼻子裡呼出去吧。快呀！

可是，哈巴國國王不高興，呼，哈巴國國王的大肚子竟像一個很大很大的輕氣球。

輕氣球越氣越大，那肚子上的皮也越氣越薄了。

這樣一點一點的薄下去，多麼危險呀！多麼危險呀！

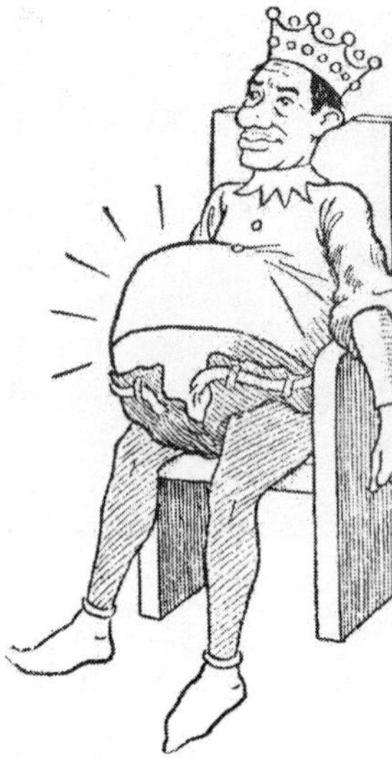

快呀，哈巴國國王就不要氣了吧，就馬馬虎虎了吧，把氣打闊嘴巴裡呼出去呀，快呀！

但是哈巴國國王的肚子卻還是不管三七二十一，氣呀氣的，竟一直脹到了三七二十一的肚子上去了。

三七二十一給哈巴國國王的肚子重重

的敲了一記，他抬頭一看，吃驚得立刻大叫：

「三——」

他來不及說「三七二十一總是三七二十一」，他嚇得只能叫出一個「三」字。

這個「三」字喊得實在太響了，響得實在叫哈巴國國王自己也大吃了一驚。

哈巴國國王實在來不及再氣下去了，就像豬玀一般的叫：

「咕——」

一肚子的氣直往鼻子裡沖。

那沖出來的氣就像一陣風，呼呀呼的，立刻把哈巴國國王的大鼻子一點也不客氣地沖出去了。

哈巴國國王的大鼻子好像一隻夏天的燕子，在天空裡打了幾個圈子，就不知道飛到什麼地方去了。

也許哈巴國國王的氣實在太厲害，那大鼻子一直在天空裡飄，也許就一直飄到了現在。

但是哈巴國國王沒有了大鼻子，那是多麼的不民主呀！為了民主，哈巴國國王應該立刻找回那個大鼻子！

哈巴國國王只知道民主，只知道找回自己的大鼻子，就忘記了審判三七二十一的罪過，忘記了砍掉三七二十一的頭。

哈巴國國王只是一股腦兒的想，他想想那個大鼻子實在太可愛了，丟掉實在太可惜了，就覺得自己的嘴巴裡實在太甜，就想吃吃苦，於是就摸出袋子裡的糖，一塊一塊的往那嘴巴裡丟：

「咕咕！咕咕！……」

咕了老半老半天，哈巴國國王才掉下了兩滴扁扁的眼淚，才又哭喪著臉，說：

「我的民主呀！……我的民主不知飛到什麼地方去了呢！……」

現在，哈巴國國王才是全世界最最不幸的人了，因為每個人都有鼻子，都有民主，只有哈巴國國王的「民主」偏偏飛到天空裡去了，飛到不知什麼地方去了。

可是遺失了民主的人，怎麼可以做一個民主國的國王呢？

哈巴國國王想來想去，覺得實在太甜，就想掉下兩滴甜甜的眼淚。但是掉下眼淚不算好漢，他不是一個小孩子，多麼難為情呀！多麼不民主呀！

可是哈巴國國王實在覺得太甜了，太那個了，他就想吃吃苦，就把袋子裡的糖一塊一塊的往闊嘴巴裡丟。可是丟呀丟的，丟了老半老半天，他還是想不出一個好的辦法來。

怎麼辦呢？

哈巴國國王不作興隨隨便便的犧牲民主呀！

一、二、三，快呀，哈巴國國王快快想個好的辦法出來吧！

一、二、三，哈巴國國王在吞下第七百六十四塊糖的時候，終於想出一個好的辦法來了，哈巴國國王就立刻笑咪咪，把他的屁股擺了擺，搖搖他的闊嘴巴，很民主化的說：

「有了，有了，就用民主的方法去找回我的民主來吧！咕咕！」

說到了這裡，哈巴國國王也就鬆了一口氣，笑咪咪的對那呆立在旁邊的三七二十一說：

「喂！咕咕，你替我算算看，用一切的算盤算算看，到底用怎樣的民主方法去找回我的民主來？呃？咕咕！」

三七二十一看見了國王的笑臉，也就鬆了一口氣。他在肚子裡立刻打算盤，算了半天就乾乾脆脆地回答說：

「是的，找回來！不管他三七二十一，一定要用民主的方法去找回來！找回來！不管他三七二十一，一定要用民主的方法找回來！找回來！……」

國王聽到了三七二十一的回話，覺得實在是民主，心裡一萬分的滿意，就趕忙把一塊糖丟到了闊嘴巴裡，就說：

「咕！三七二十一，你真可以稱做一位『民主大臣』呀！」

接著，哈巴國國王站起來，拍拍三七二十一的肩膀，快樂得搖著他的闊嘴巴說道：

「唉唔，現在，就請你用民主的方法，去包辦我的民主吧，去找回我遺失了的民主吧！咕咕！」

哈巴國國王的民主雖然已經遺失，可是他的說話卻是多麼的民主呀——民主得簡直不能再民主了。

聽著這些民主的話的三七二十一，就快樂得跳起來：

「包辦！不管三七二十一，包辦，包辦！」

說著，三七二十一就走到自己的辦公廳裡去了。

在三七二十一的辦公廳裡，正坐著胡說八道。

三七二十一就快樂得拍拍胡說八道的肩膀說：

「你知道，現在最最民主的東西是什麼呀？」

胡說八道搖了搖頭，表示不知道。

於是三七二十一更高興，摸摸自己的屁股說：

「現在大鼻子是最最民主的，不管他三七二十一，最最民主的東西就是大鼻子！」

「可是——」，胡說八道吃了一驚，他想說話，但立刻又給三七二十一搶著接下去了：

「可是，現在國王的大鼻子已經遺失了！不管他三七二十一，要是誰找到了那個大鼻子，那才是最最民主的人了！」

這時候，胡說八道來不及管自己的口吃，就用了全身的力氣大聲地說：

「那那那，由由由我去，由我去找，去找！我有辦法，我沒有辦法，我有，我沒有，我有……」

「胡說八道，你不管你三七二十一，這應該是我的民主，由我包辦，由我，由我！」

「不不不，由我，由你去，由我去，由你去，由我去！……」

「總之，不管大家三七二十一，你胡說，沒有你的份兒！」

「不管全世界的人三七二十一，你胡說！」

「這這這……」

「你你你……」

胡說八道急得滿頭大汗，實在再也說不出半句話了，就索性捏緊了拳頭，舉起了右手，「Bung」的打了一拳，打在三七二十一的下巴上。

三七二十一跌在地上，嘴巴裡卻還是在說：

「不管一切的一切的三七二十一，這是我的民主……」

說著，三七二十一很快地從地上爬起來，跟胡說八道扭做一團，打了足足有二十五個小時，到第二十六個小時的時候，兩個人大家都覺得這樣地打下去，實在太不民主了，於是大家就精疲力盡地坐在地板上，大家商量一個民主的辦法。

他們決定：由他們兩個人同時分頭去找尋那個遺失掉的民主——那個大鼻子！

於是三七二十一去寫白字的文章，去進行一個人的示威運動。但當人們拿到白報紙的時候，因為看不出三七二十一寫的那些白字的文章，就把這些白報紙買了來，撕成一長條一長條，作為拉尿揩屁股的草紙了。三七二十一眼見了這樣，心裡自然很氣，就氣呼呼地獨個人在馬路上舉行「找尋民主的示威運動」。他用很重的腳步，在馬路上來來去去地踱來踱去，想叫人家懂得他的意思，可是人家看見了三七二十一，卻只是淡淡的說了一聲：

「啊，三七二十一好像急得要拉尿呢！三七二十一正在找尋一個廁所呀！」

這時候，胡說八道可怎樣辦的呢？

胡說八道從三七二十一的辦公廳裡踱

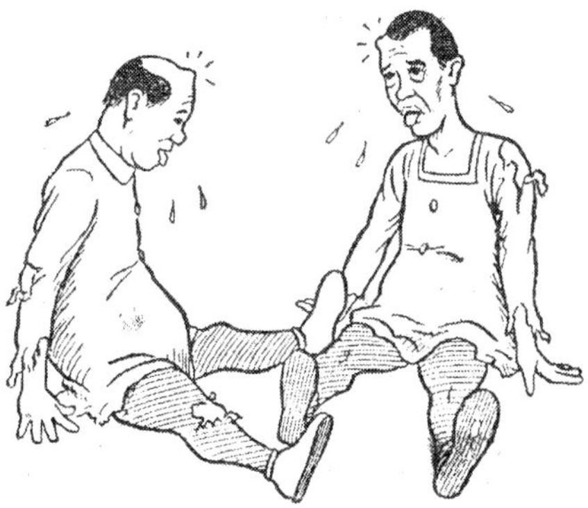

著腳出來以後，立刻他就走到廣播電臺去，站在無線電播音器的旁邊，舉行了一次大規模的無聲的播音。因為《民主宣言》裡規定：無線電播音必須是無聲的，所以胡說八道站在播音器的旁邊，像一根木頭的柱子一樣，呆呆地，嘴裡欲說不說地吆喝：

「胡——，胡——，胡——！」

一般人在無線電收音機裡聽到了這樣的聲音，都說：

「今天無線電裡老是在放屁！」

這句話傳到了胡說八道的耳朵裡，自然很不高興，很氣，氣得他的嘴裡索性連連地說：

「胡胡胡胡胡胡胡……」

第二天，胡說八道知道自己的失敗，就立刻召集了一個立刻找尋民主的人民大會。在這立刻找尋民主的人民大會裡，胡說八道做了一個堂堂皇皇的大主席，他恭恭敬敬地站在主席臺上，一直站了七天又七夜，嘴裡老是在說：

「胡——，胡——，胡——，……」

胡說八道的開會原則，完全是根據了《民主宣言》的。

胡說八道的民主是多麼的標準呀！

但是，「胡——」到第八天的早上，胡說八道實在再也沒有氣力「胡——」下去了，就只得疲倦得倒在主席臺的臺腳邊，而那些立刻找尋民主的人民大會的會員們，因為實在都想民主一下了，就在胡說八道倒下來的前三天，都像棉花一般地軟軟地倒在地板上。

但是胡說八道還是努力「胡——」下去，最初，那聲音還很響亮，後來卻越胡越低了，越胡越細了：

「胡——」

「胡——」

「胡——」

「胡——」

「胡——」

「胡——」

到了後來，那聲音細得簡直聽不清了。

這次立刻找尋民主的人民大會一共開了十天又十夜，當會期終了，餓死的人差不多有一半以上。那作為主席的胡說八道，經過急救以後，總算是活過來了，可是他卻從此得了一種胡胡病，說話的時候再也說不出別的，只能說：

「胡——，胡——，胡——。」

有時候說得快一些，就變成：

「胡胡胡胡，胡胡胡！」

而且這胡胡病，就像一種流行性感冒似的，到處傳染，只要有誰接觸到他的身體，這人便也生起胡胡病來。

第一個傳染到胡胡病的，是哈巴國的國王。因為胡說八道專門管理哈巴國國王的吃苦，那一天，當胡說八道把糖裝到哈巴國國王的袋子裡的時候，一不小心，把手指觸在哈巴國國王的身上，哈巴國國王就立刻睡夢裡大叫：

「咕——胡！咕——胡！」

第二天，財政大臣三七二十一把一冊帳簿交給哈巴國國王的時候，國王的手

一不小心，碰到了三七二十一的衣袖，於是三七二十一也就立刻生起胡胡病來：

「胡胡！胡胡胡！」

這些胡胡病是多麼民主的病呀！

這些胡胡病是根據《民主宣言》的原則產生的！

這些胡胡病真是最最標準的民主的病呀！

而且後來，竟越來越時髦，哈巴國裡的人們，不論男人和女人，都以為傳染了胡胡病是最最民主的！

所以為了民主，人們像蜜蜂一般地跑到生胡胡病的病人那裡會撫摩，最後全國的人民都是民主化了，都有胡胡病了。

他們在憤怒的時候，把胡胡喊得很響，很短促。在悲哀的時候，把胡字拉長，使它婉轉悽絕，令人聽了掉下了眼淚。

這是多麼標準的民主化的語言呀！

而且胡胡病生了一年以後，人的耳朵慢慢地大起來，捲下來，全身還長了濃厚的毛，屁股那裡還伸出了一根彎曲的尾巴。

當身上的毛可以代替衣服的時候，人的手也變了腳，開始在地上用四隻腳走路了。

於是哈巴國裡的人，都變成一隻隻的哈巴狗！

但是這些狗是根據《民主宣言》的原則產生的！

這些狗是多麼標準的民主的狗呀！

為了這樣的「民主」，人就變成了這樣的狗，這是多麼民主化的「光榮」呀！

一直到今天，人們一談起了民主，那些知道哈巴國故事的老年人，就會談到了哈巴國的故事。哈巴國的故事實在太好聽，實在太美麗了。現在我們正在鬧著民主的時代，為了使小朋友們也要知道什麼是真民主什麼是假民主，所以我把哈巴國的故事用這樣簡單的筆法記錄了下來了。

各位小朋友，當心我們自己也變做一隻哈巴狗！我們要把哈巴國的故事常常記在心裡，常常問我們自己：我們的民主是怎樣的呢？

至於哈巴國——這是九千九百九十九年以前的事了，這些事情應該是成為過去的「歷史」了吧！

——上海永祥印書館一九四六年四月初版

編注：本文插圖作者為許錦申。

幸福島

一

大毛毛和小毛毛在海岸上賽跑。

「一，二，三！」誰跑得快呀！

大毛毛比小毛毛大了三歲，比小毛毛高了半個頭，比小毛毛的氣力自然要大。所以大毛毛跑在前面，搖搖擺擺的，跑得多麼起勁呀！

可是跑了一會，大毛毛實在有些累了：最最討厭的是那個大肚子。大毛毛的兩隻腳拼命的要想跑，那個大肚子卻拼命的不高興跑。

大肚子像一個大冬瓜，把大毛毛的兩隻腳壓得又酸又軟，再也跑不動了。可是大毛毛跑不過小毛毛，多麼害羞呀，多麼難為情呀，所以大毛毛咬緊了牙齒，閉緊了眼睛，不顧一切地往前跑。

可是小毛毛越跑越快了，小毛毛幾乎要跑到大毛毛的身邊來了。

啊呀，大毛毛快呀，快些跑呀！

大毛毛快把大肚子縮小一些吧，快請大肚子原諒一些吧！

可是大肚子越跑越不原諒，大肚子越跑越大了，越跑越重了。怎麼辦呢？小毛毛快要追出大毛毛了。現在小毛毛已經和大毛毛跑在一起了。小毛毛快要追出大毛毛了。

快呀！一、二、三，大毛毛快拿出氣力來跳吧，跳呀，只要用力一跳，就可以跳在小毛毛的前邊了。

但是大毛毛真倒楣。大毛毛的大肚子偏偏不高興跳，偏偏把大毛毛壓得盡是喘氣，連跑也跑不動了，越跑越慢了。

小毛毛到底跑在大毛毛的前邊了。

大毛毛看見跑不過小毛毛，就越跑越不高

興跑了，越跑越跑得慢了。

後來大毛毛就索性躺在海岸上睡覺。大毛毛懶得連汗也不高興揩，就躺在海岸上睡熟了。

從那大毛毛的鼻子裡，哼出了這樣大的聲音：

「咕囉！咕囉！」

這聲音給小毛毛聽見，小毛毛知道大毛毛又在睡覺了。大毛毛在不高興的時候，總是要睡覺。大毛毛睡一次覺，總得要老半老半天，一直要等到那個大肚子不高興睡的時候，才睜開了眼，醒過來。可是今天已經不早了，要等到大毛毛醒來，不是要到深夜了嗎？到了深夜，天空漆黑，多麼可怕呀！這怎麼成呢？

小毛毛不再跑開去了，回頭走到大毛毛的旁邊。他用手搖著大毛毛的頭，大毛毛不醒。用手搖著大毛毛的大肚子，大毛毛的大肚子還是像一隻大風琴，一高一低地，打鼻子裡哼出了很大很大的聲音：

「咕囉！咕囉！」

天慢慢的黑了。太陽不見了。月亮出來了。海灘上一個人也看不見。海風吹得怪難聽，「噓！噓！」的不住地叫，多麼可怕呀！

小毛毛實在不喜歡聽那樣的聲音，小毛毛就索性哭起來了：

「哇哇哇！」

但是小毛毛哭著哭著，一睜開眼，卻看見海灘邊漂來了一隻破舊的小帆船。小帆船上沒有人。小毛毛想：把哥哥大毛毛搬到船上去吧，讓小帆船一直送我們到家裡去。

小毛毛想著想著，就不哭了，快樂起來了。

小毛毛用兩隻手，抱住了大毛毛，想搬到船裡去，可是大毛毛像一塊大石頭，搬來搬去也搬不動。怎麼辦呢？

當小毛毛正要哭出來的時候，大毛毛剛巧翻一個身。大毛毛一翻身，就翻到海岸的邊上，滾到海灘上去了。海灘是斜的，大毛毛就像一個輪盤，在海灘上不住地滾，滾，一直跌落在那隻破舊的小帆船裡。

這時候，小毛毛多麼高興呀。他快活得拍起手來了。他一面拍著手，一面就跳進了那隻小帆船。

小帆船在海面上漂動了。

可是海裡的風愈吹愈大，小帆船搖搖擺擺的，一直漂到了大海的中心去了。

月亮發出銀白色的光，照在海面上，看來非常的美麗。

可怕的只有海風，呼呀呼的，吹得小毛毛的頭也有些昏了。

小毛毛用一根繩子，把大毛毛牢牢地紮在船欄上。一面用自己的手，緊緊地握住小帆船的船舷。

小帆船搖擺得多麼厲害呀。

海風愈吹愈大，到了後來，竟把小帆船像一個皮球似的，吹得不住地打轉。

後來小帆船來不及漂，索性在海面上跳了。

小帆船好像真的變了一個大皮球了。

海浪像一座一座的山，推起來又跌落下去，小帆船在這些海浪的頂上，跳呀跳的，多麼好玩呀！

後來小帆船跳到很遠很遠的海裡，那裡的風更大了，浪更高了，小帆船也跳得更厲害了。

小毛毛的耳朵裡充滿了海浪和海風的聲音。那些聲音多麼可怕呀。但是小毛毛不哭，小毛毛用自己的手，緊緊地握住了船上的舵。

但是，在高高興興地跳了一陣以後，突然，這小帆船好像撞到了一塊什麼堅硬的東西，只聽得「Bung!」的一聲，小帆船給撞得粉散了，小毛毛給撞得昏過去了。

大毛毛和小毛毛給撞得飛起來了。他們都飛在天空裡了。

啊呀，他們飛得多麼高呀！

他們飛呀飛的，在天空裡兜了好幾個圈子，仍舊不肯飛下來。

等了老半老半天，大概他們在天空

裡玩厭了吧，才從很高很高的地方跌下來了。

大毛毛因為有大肚子，所以先跌下來，跌得很快。小毛毛因為人小，像一張樹葉一樣，飄下來的。

但是當一個人，從很高很高的天空裡跌下來，這是多麼危險呀！現在大毛毛和小毛毛都快要跌到地面上來了，怎麼辦呢？——他們多麼可憐呀，有誰去救救他們呢？

可是誰也沒有去救他們。

只聽得「Bon!」「Kon!」的兩聲，他們倒很平安地跌在一個奇怪的地方了。……

二

這地方真是奇怪呀：屋子都用五色的瓦蓋的，牆壁都是那樣的高，在牆壁上畫了各種各色的圖畫，有大嘴巴的鴨子，有三隻腳的狗，有生了毛的小孩子，還有奇奇怪怪的餅乾和糖果。這些東西畫在牆壁上，都好像是活的，都好像要跑出來的樣子。

大毛毛從天上掉下來，就掉在這個園子裡的大池子裡。大池子裡的水，「Pon」的一聲，把大毛毛的瞌睡也吵醒了。

「呵呵呵呵——呼！」大毛毛打了一個呵欠。

大毛毛懶懶地睜開眼來了，可是立刻，吃了一驚：

「怎麼？我的弟弟小毛毛呢？」

大毛毛站在池子裡，看了看四周，再也找不到小毛毛了。

可是這裡真是好玩呀：有草地、有滑車、有五色石子鋪成的跑道，還有畫在牆壁上的各種好吃的東西。大毛毛一看見這些東西，肚子就餓起來了，那個大肚子裡咕嚕咕嚕的叫，叫得大毛毛多難為情呀。

正在這時候，從園子的門口裡走來了許許多多的人，這些人，手裡拿了許多小洋槍，還有弓和箭，他們好像是守園子的守門人。他們一走到了池子的旁邊，就指手劃腳的說：

「在池子裡！在池子裡！」

人們都把池子圍起來了。

大毛毛看見這麼許多人，就問：

「你們是誰呀？」

「我們是幸福島上的老爺兵！」他們說。

「幸福島是什麼意思呀？」

「因為我們的國王自己，想要幸福，就把這個小島叫做幸福島。」他們這樣回答。

「那麼，在這幸福島上，你們有沒有看見我的弟弟小毛毛呢？」大毛毛問。

其中有一個人，戴了一頂很高很高的高帽子，好像是這些老爺兵的長官，跑過來，站在池子旁邊的石階上，向大毛毛鞠了一個躬，似乎很客氣地說：

「我們沒有看見小毛毛。但是我們請問你，你是不是從天上掉下來的呀？」

「哈哈！」大毛毛笑起來了。「我連自己也不知道。我叫大毛毛，和弟弟小毛毛在海岸上賽跑，後來我就睡覺了。後來睡了一覺，後來醒轉來，就已經站在你們這個池子裡了。快呀，你們快把我拉到上面去吧。」

圍著的老爺兵都覺得很奇怪。在那高帽子長官的指揮下，大家用繩子和竹竿來救大毛毛。繩子的一頭，請大毛毛自己捆住了自己的身子，另一頭由兩個老爺

兵拉著，想把大毛毛拖到岸上來。可是大毛毛的肚子實在太重，他們拖出了一身大汗，拖來拖去也拖不動。

後來就由五個老爺兵拖，拖不動。十個老爺兵拖，拖不動。二十三個老爺兵拖，拖不動。高帽子長官看得一肚皮氣，就把高帽子脫下來，放在地上，卷起袖子，也來拖。結果三十六個人把大毛毛拖起來了。

原來大毛毛的兩隻腳，插在池子底下的爛泥裡，已經生了根了。

當大毛毛的腳被拖出爛泥的時候，繩子一鬆，三十六個人就跌了一大跤。

高帽子的長官剛巧跌在自己的高帽子上，屁股坐在帽子筒裡，把高帽子壓得變成扁帽子，還在地上滾了一身泥。

高帽子的長官再也戴不成高帽子了。

高帽子的長官真正倒楣呀：他去救人，反而自己吃苦了。

高帽子的長官從地上爬起來，也不高興去拍身上的泥灰，索性哇哇哇地哭起來了。

但是哭有什麼用呢？高帽子的長官哭了一會，看見大毛毛已經爬到岸上來，一搖一擺地走著路，他就跑過去，不高興地說：

「喂！大毛毛先生，你要賠我的高帽子！」

大毛毛說：

「怎麼樣的高帽子呢？」

「高帽子就是高帽子，就是現在這個變做扁帽子的高帽子！」

可是大毛毛摸摸自己袋裡的錢——一個錢也沒有！

大毛毛說：

「我實在沒有錢呀！」

「沒有錢麼？」高帽子的長官生起氣來了：「弄壞了人家的東西，就可以不賠麼？」

「可是我沒有弄壞你的高帽子呀。」

「可是我的高帽子明明給你弄壞了，我做不成官了，我們到法院裡去評評理吧！」

高帽子的長官說著，就和大毛毛一同到了法院裡。

法院裡的法官，正在辦公桌上睡午覺。他看見大毛毛他們來告狀，他就說：

「兩位先生，請稍微等一下，我只有睡了八個小時的午覺，昨天晚上，只睡了二十四小時，你想想，我的精神怎麼會好得起來呢？」

「不，法官先生，」高帽子的長官客客氣氣地鞠了一個躬，「您做做好事，不要再睡了吧，我們實在有一件要緊的事，要想請求您公斷！如果法官先生高興的話，就請躺在辦公桌上斷一下吧！」

「啊啊啊嘔——！」法官打了一個長長的大呵欠，仍舊躺在辦公桌上，很不耐煩地說：「什麼事呀？」

「他，這個大毛毛先生，弄壞了我的高帽子！」高帽子的長官憤憤地說。

「我沒有弄壞，法官先生，我沒有弄壞！」大毛毛說。

「不，法官先生，」高帽子的長官說，「我的帽子，的確給大毛毛先生弄壞的！」

「我沒有弄壞！」

「弄壞的！」

「我沒有弄壞！」

「弄壞的！」

法官先生沒有聽他們的話，躺在辦公桌上，呼嚕呼嚕的，又睡熟了。後來大毛毛和高帽子的長官實在吵得太厲害，又把法官吵醒了，法官才懶懶地打了一個呵欠，問他們：

「你們到底為什麼事吵架呀？」

「法官先生，」高帽子的長官氣吁吁地說，「大毛毛先生弄壞了我的高帽子！」

「高帽子要來做什麼呀？」

「做官！我是戴了高帽子做官的！」

「可是不戴高帽子不是更好嗎？」

「可是做官一定要戴高帽子，不作興戴扁帽子！」

「這是根據什麼法律呀？」

這時候，高帽子的長官，可被問得糊塗了，他說不出根據了什麼樣法律，他脹紅了臉，呆了老半老半天，才說：

「這是根據國家的法律！」

法官先生聽了他的話，靜靜的一想，覺得實在有道理，點了點頭，就向大毛毛說：

「根據國家的法律，你就馬馬虎虎，賠了他的高帽子吧。」

「可是我沒有錢呀！實在沒有錢呀！」

「你既然沒有錢，」法官的臉又朝向高帽子的長官，懶洋洋地說：「那麼，你賠一些錢給大毛毛吧！」

高帽子的長官聽到自己要賠錢，就哭起來了，他很氣憤似的說：

「法官先生，根據國家的法律，我不應當賠錢，大毛毛才應當賠錢。大毛毛沒有錢，就應當關起來，關起來。根據國家的法律，法官是應當幫做官的人的，不應當幫老百姓！」

「根據國家的法律，」法官又打了一個呵欠，連想也不想地說，「這位長官的話是對的。根據國家的法律，大毛毛先生應當關起來。根據國家的法律，我應當接下去睡午覺。根據國家的法律，大毛毛先生請自己走到二樓的模範監獄裡去吧。」

「可是法官先生，我實在沒有罪。」大毛毛說。

「可是大毛毛先生，你就馬馬虎虎去一次吧。我實在還有八小時午覺沒有睡，請你原原原——咕！咕！」法官先生實在太累了，連說話也不高興說下去了，就這樣咕咕咕的又睡熟了。

大毛毛「哇」的一聲哭起來，聲音哭得很大，可是再也吵不醒法官先生了。

「怎麼辦呢？」大毛毛心裡想。

想了老半老半天，大毛毛肚子裡咕囉咕囉的叫，實在餓得慌了，就只得自動地走到二層樓上，想到那個模範監獄裡去討一點飯吃。

大毛毛和高帽子的長官握了握手，說一聲「再會」，就走到二層樓上來了。

二層樓的樓梯口，掛著一塊很大很大的招牌，招牌上寫著這樣的幾個大字：

「監獄在內，犯人請進！」

三

大毛毛走到了二層樓上，只見二層樓上有一間一間的小房間。每一間小房間裡有一個犯人。小房間裡的布置很好：有軟綿綿的沙發椅子，有五顏六色的窗簾，有很講究的寫字臺，還有彈簧床，衣櫥和電風扇等等。

大毛毛想：「住在那裡真是舒服呀！」

大毛毛走到第八號房間的門口，就向裡面的一個犯人問：

「喂，請問您，您是不是犯人先生？」

「是的。」那個犯人坐在沙發椅子裡，站也不高興站起來，懶洋洋的說。

「請問您，」大毛毛很高興似的問下去。「這裡的犯人，每天吃些什麼呢？」

「吃麼，」那第八號犯人不耐煩地說：「早上起來，每個犯人可以吃一磅牛乳和兩隻雞蛋，隔了兩個鐘點，就有一杯熱茶和一磅奶油餅乾，送來當點心吃。再隔兩個鐘點，是吃中飯，每人可以隨便自己點四隻葷菜，兩隻蔬菜。至於吃飯或吃花卷兒，那是隨你的便。吃罷了飯，有一杯熱咖啡。吃過了熱咖啡，再隔兩個鐘點，就可以吃些補品，例如蓮心湯，棗子粥，人參茶等等，隨你的便。至於再隔兩個鐘點後，就有西點吃了，還附帶地送來一大包巧克力糖。後來再隔兩個鐘點是吃晚飯，啊呀，晚飯的菜可以點得更多，炒蝦仁、紅燒蹄膀、炒三鮮、醋鯉魚、油炸雞……」

大毛毛聽呀聽的，嘴裡的涎水像一個沒有關好的自來水龍頭，滴滴嗒嗒地掉下來。大毛毛已經餓了一天又一夜了，大肚子裡空空洞洞的，盡是咕囉咕囉的叫。唉唷，一個人沒有東西吃，多麼難過呀！

因此大毛毛就問：

「犯人先生，我也是犯人呀，可是我應當住到第幾號房間裡去呢？」

那八號犯人看了看大毛毛，覺得很可憐，但是最後搖了搖頭，很可惜似的說：

「全部的房間，都已經客滿了！」

「可是，」大毛毛哭喪著臉，哀求著，「就請八號犯人先生幫幫忙吧，看我可憐，讓我做做犯人吧！」

那個八號犯人先生看見大毛毛的確很可憐，便皺了皺眉頭，想了想，然後好像記起了一件什麼事情似的，高聲地說：

「噢，我記起了，模範監獄正在新造房子，也許有新房間，你去問問一號的犯人先生，請他想想辦法，幫幫忙吧。」

大毛毛走到一號房間裡，和一號的犯人先生商量。一號的犯人先生是一個老年人，鬍鬚雪白，很客氣地說：

「大毛毛先生，實在不瞞你說，新造的房間還沒有造好，你就在我這裡掛一個號吧。現在犯人實在太多，房子實在來不及造。前天造好了四百間房間，可是不到半小時，都給掛號的犯人住滿了。現在掛號的犯人還有七十六萬五千七百四十三個，你就算是第七十六萬五千七百四十四號犯人吧，等將來造好了第七十六萬五千七百四十四號房間的時候，我馬上來通知你。」

大毛毛看見一號的犯人先生幫他的忙，心裡很感激，幾乎快活得跳起來了。但大毛毛一聽到自己肚子裡咕囉咕囉的聲音，就急得問：

「那麼請問一號的犯人先生，我什麼時候可以住到房間呢？」

一號的犯人先生聽了他的問話，想也不想一想，就很平談地回答：

「只要國家不打仗，大概在十年以後就可以住到；但如果有戰事，那恐怕要在八十年以後，或者也許在一百八十年以後吧。」

大毛毛聽到這樣的話，就哭起來了：

「一號的犯人先生，我實在等不及呀，我的肚子實在餓得慌了，叫我怎麼可以等待一百八十年呢？老先生，咕——老先生，咕——咕囉，咕囉，咕囉，……」

大毛毛心裡一急，餓得再也說不出話了，代替他說話的，倒是他肚子裡咕囉咕囉的叫聲。大毛毛的大肚子像一隻大風琴，起先是普通的「咕囉」，後來是大聲的「咕囉」了，你聽，你聽呀——

「咕囉！」

「咕囉！」

「咕囉！」

「咕囉！」

「咕囉！」

到了後來，大毛毛索性餓得倒在地上睡覺了。可是那大肚子卻不睡覺，那大肚子裡的大風琴，愈拉愈急，愈拉愈響了。啊呀，那聲音幾乎像打雷了。

整個的模範監獄裡全聽到了他的「咕囉」！
到了後來，整個的屋子都給他「咕囉」得動搖了！
到了後來，整個的地球都給他「咕囉」得像在地震了！
人們都急起來了！
「這到底是為了什麼呀？」老百姓們都大驚小怪地問。
「這到底是為了什麼呀？」連國王也弄得莫名其妙了！
過了八個鐘點，無線電臺才老老實實地說出了原因：
「請不要著急呀，不要著急。這是大毛毛先生的大肚子在拉風琴，不要著急呀，不要著急。現在我們的國王已經請了全島最最有名的內科醫生在看大毛毛的咕囉病。醫生說，再過七個鐘點就可以好了，所以請不要著急呀，不要著急！咕囉！咕囉！」
連無線電裡也在鬧「咕囉」了！
但十三個鐘點以後，大毛毛吃到了許許多多東西，大毛毛的大肚子才乖乖地不響了。
國王為了大毛毛的大肚子，恐怕以後再要鬧出「咕囉」病，擾亂老百姓們，所以國王特別下了一道命令，准許大毛毛是一個用不到掛號就可以進監獄的犯人。

大毛毛聽了多麼開心呀！

大毛毛心裡想：以後有好房子住，有好東西吃，這真正是幸福呀！

人們看見大毛毛這樣福氣，大家都羨慕得大聲地喊出來：

「大毛毛的大肚子萬歲！」

「大毛毛的大肚子萬歲萬萬歲！」

大毛毛聽呀聽的，呵呵呵地笑了。大毛毛笑著笑著，走進了一間造在王宮花園裡的臨時特別監獄。

大毛毛多麼幸福呀！

但大毛毛仔細一看，這王宮的花園，原來就是跟那高帽子長官吵架的地方。

怎麼辦呢？會不會再碰到那個高帽子的長官呢？

四

大毛毛沒有碰到那個吵架的高帽子的長官。高帽子的長官做不成長官了，因為他沒有了高帽子。

可是代替了高帽子的長官，新來的是另一個高帽子的長官。

「那個以前的高帽子的長官呢？」大毛毛問新來的高帽子的長官。

新來的高帽子的長官說：「他到海邊去捉魚去了，他沒有高帽子，不能做官了，他已經變成一個老百姓了。」

啊，多麼可憐呀！大毛毛心裡很難過。

難過了一陣，大毛毛的大肚子慢慢地脹大了，慢慢地「咕囉咕囉」地響起來了，慢慢地聲音愈來愈大了，慢慢地大毛毛躺在地上睡覺了。

新來的高帽子的長官，懂得大毛毛的咕囉病，就派了三十五個人去扛了一大箱子的茶點，於是奶油、蛋糕，盡往大毛毛的嘴裡塞進去，大毛毛的咕囉病就好了，大毛毛就醒過來了，大毛毛就忘記以前的那個高帽子的長官了。快活得連自己的弟弟也忘記得乾乾淨淨了。

大毛毛在這個國王特准的、臨時監獄的房間裡，足足住了三年，大毛毛更胖了，大毛毛的肚子更大了，大毛毛的脾氣更厲害了。大毛毛常常要發脾氣。只要高帽子的長官服侍得不周到，大毛毛的大肚子就不客氣地咕囉起來了。只要咕囉了一次，大毛毛睡了一覺，吃飽了肚子，大毛毛又醒轉來了，快活地笑了。

為了要大毛毛吃飽肚子，不要鬧咕囉病，所以國王特地派了三個高帽子的長官和一百零八個人來管理大毛毛。

第四年，大毛毛更大了，大肚子也更大了，所以有五個高帽子的長官和一百八十個人來管理大毛毛。

第六年，大毛毛長到二十二歲了，國王派了十個長官，和三百六十個人來管理大毛毛。

大毛毛多麼幸福啊！

但這件事給國王的財政大臣知道了，財政大臣打打算盤，打來打去，算來算去，總是覺得：不值得去養大毛毛！

財政大臣就帶了自己的算盤，走到國王的面前，一本正經地說：

「國王先生，我根據算盤，應當向您說老實話，我們不值得叫大毛毛做犯人，還是把他放了吧。」

「為了什麼？」國王不相信。

「因為養一個大毛毛，就等於養三千個普通的犯人。現在候補的犯人實在太多了，去掉了一個大毛毛，就可以多養三千個犯人呢！無論從國家的財政上講，從老百姓的民生問題上講，這是一個很上算的辦法呀！」

國王皺了皺眉頭，想了想：

「現在到底有多少犯人呢？」

「到今天早上七點四十五分三十二秒為止，一共有二百四十六萬七千六百三十三個犯人。占全國的總人口六分之五。」

「那麼這些犯人，都進了監獄嗎？」

「啊呀，」財政大臣嘆了一口氣，把算盤往地板上一丟，皺了皺眉頭說，「啊呀，說來真慚愧，進了監獄的，只有二萬九千四百五十二個犯人呀，僅僅占全國的總人口十分之一！您想，多麼危險呀！多麼有造反的可能呀！」

國王聽到財政大臣的報告，的確有些著急了。——這不是為了大毛毛一個人的問題，這是為自己的幸福，和國家的幸福的問題。所以就在這天晚上，國王召集了財政大臣，民生大臣，建築大臣，法律大臣，開了一次緊急會議。

在開會的時候，國王先站起來，激昂慷慨地來了一大篇的訓話：

「各位大臣先生，據財政大臣先生根據算盤的報告，說是，我們的國家實在太危險了，實在有『造反』的可能了！」

「呵！」聽的人大家嚇了一跳，大家在心裡著急：「為了什麼呀？」

「為了什麼呀？」國王繼續說下去，「就為了我們的監獄實在造得太慢，候補的犯人實在太多，這些候補的犯人就有造反的可能呀！」

聽了國王的話，大家都嚇得面孔變色了，大家都你望望我，我望望你，大家都沒有說話。

國王繼續說下去：

「所以，為了預防造反，保持我們國家的幸福，我們唯有快快解決民生問題。而解決民生問題，最好最有效的方法，就是多造監獄，想辦法多讓老百姓犯罪做犯人！」

國王說到這裡，那個法官大臣站起來了，他很恭敬地說：

「國王先生的話，一點也不錯！為了國家的幸福，為了每個人的幸福，鄙人特地雇用了一個最歡喜睡覺也是最懂得國家法律的懶法官，這位懶法官才不過躺在辦公桌上做了七年，居然判決了二百四十五萬七千六百三十三個老百姓做犯人。這真是一件偉大的功德呀！只要再過一兩年，恐怕全國的老百姓，連我自己，甚至連國王先生在一起，都要被判決做犯人了！甚而至於有一天，連這位懶法官自己，也會被判決做犯人的。您想，這樣的一個好法官，這樣的一個懂得全國老百姓的幸福的好法官，還有第二個嗎？所以在國家的幸福上講，法律部分是沒有過失的。」

法律大臣講到這裡，就驕傲地笑起來了。全體大臣們聽了他的說明，也都感動得拍起手來。

國王也不住地拍手，繼續說道：

「的確，法律大臣的話使我們很感動。我覺得我們應當感謝法律大臣，同時，為了國家的幸福，我應當代表國家，送一件禮物給那個歡喜睡覺的懶法官！」

什麼禮物呢？大家都睜大了眼，聽國王說下去。

國王很費腦筋地想了老半老半天，然後突然大聲地說：

「有了，有了，送一隻全國最好的彈簧床，和一套鴨絨的被頭和褥子！這樣，可以使那懶法官，不必躺在硬繃繃的辦公桌上辦公了！」

全體的大臣們聽到這樣適當的禮物，大家贊成拍手叫好。拍手的聲音響了半個鐘點。

但是國王皺了皺眉頭，抓了抓頭皮說：

「法律部分雖然解決了，可是監獄來不及造，怎麼辦呢？根據過去的情形，這應當由建築大臣來負責！」

建築大臣紅了臉，無可奈何地站起來，他說：「國王先生，叫我怎麼辦呢？那些建築監獄的工人們，老是把屋子造了一半，看見犯人們吃得好，睡得好，大家都願意做犯人，不高興做工人了！」

「這個這個，」民生大臣站起來，用標準國語響亮地說，「這個這個，倒是這個國家的幸福，倒是這個好現象！」說到這裡，「咕」的一聲，咽下了一大口濃痰，然後說下去：「問題是在，這個這個，在這些工人做這個犯人以前，我們這個——想這個——一個辦法，使他們這個——在做犯人這個以前，維持他們這個標準的犯人的這個生活程度。所以這個，兄弟的意思是，請這個財政大臣，多印一些這個鈔票，多印這個鈔票給工人呀！」

全體的大臣們聽了民生大臣的意見，都拍起手來了，都表示同意，所以大家的目光都集中在財政大臣的臉上，要請他發表意見。

財政大臣看見大家需要他講幾句話，就很抱歉似的站起來，向大家說：

「各位大臣先生，多印鈔票的確是一個好辦法，的確是一個好辦法。根據鄙人過去的經驗，曾經動員了全國的印刷機，全部印鈔票，發行了十三萬萬萬萬元的鈔票，所以才造了可以容納二萬九千多人的監獄。但是今後，如果再要多印鈔票，那除非把報館取消，不出報紙，讓全國的印報機也加入印鈔票。如果再來不及，鄙人的意思，為了全國老百姓的幸福，索性把紗廠裡的機器也改裝成印刷機，來印鈔票，印一切的鈔票！」

財政大臣坦白的意見，使國王聽了非常的滿意。全體的大臣們也都舉起了手，表示通過。會議就這樣圓滿地結束。

因此大毛毛，那大肚子的大毛毛，可以繼續在王宮裡做特准的犯人了。

這個國度裡的老百姓們，有了這麼許多為老百姓謀幸福的大臣先生們，真是多麼的幸福呀！多麼的幸福呀！但是有誰能夠想到小毛毛的生活呢？——那個和大毛毛一同從天空裡掉下來的小毛毛，是不是和大毛毛一樣的幸福呢？

五

那一天，和大毛毛一同從天空裡掉下來，小毛毛因為人小，就像一張樹葉，飄呀飄的，在天空裡飄了好久好久，才掉到一家捕魚人的家裡。

捕魚的人家有一個媽媽，一個女小孩子。她們正在房屋前面的廣場上，把一個很大很大的捉魚網，張開來。捉魚網的四隻角結在四棵樹上，網就懸空地張起來。張好了網，她們站在網的旁邊，正在找尋破洞，想要修補。

可是正在這個時候，只聽得「Kon」的一聲，一個人從天空裡一直掉到了網袋裡。

媽媽和女孩子都嚇了一大跳。等到定了定神，仔細一看，原來在網裡躺著一個男孩子啊！

男孩子沒有跌死，可是她們的網給跌壞了——跌了很大很大的兩個大洞，再也沒有辦法補起來了。

媽媽和女孩子，看見了自己的網給跌壞了，想想沒辦法再去捉魚，再沒有辦法可以吃飯了，就哇哇地大哭起來了。

小毛毛看見魚網跌穿了兩個大洞，心裡很著急。他從魚網的大洞裡鑽下來，走到她們的旁邊，很可憐似的說：

「請你們原諒吧。」

但是「原諒」有什麼用呢？媽媽和女孩子還是不停地哭。

小毛毛實在再沒有辦法，再也說不出其他的話了，他只得說：

「媽媽先生，請不要哭吧。要是你們再哭，我自己也要哭了。」

但是媽媽先生和她的女孩子還是不住地哭。

小毛毛弄得沒有辦法了，小毛毛只得自己也哭了：

「嘔嘔嘔嘔嘔！——」

大家哭，多難為情呀！

媽媽先生看見小毛毛哭得可憐，就說：

「大家不要哭吧！」

「好的！一、二、三，大家不要哭！」小毛毛說。

小毛毛不哭了，大家不哭了。

但是媽媽先生說：

「你是從天下掉下來的仙人嗎？」

「不是的。」小毛毛說：「我叫小毛毛！」

於是小毛毛告訴她剛才那隻小帆船的故事。

小毛毛講完了故事，看看四周都是荒野的一片，沒有哥哥大毛毛，再也找不到自己的媽媽了。於是小毛毛就又嘔嘍嘔嘍的，哭起來了。

小毛毛哭得很悲傷。

媽媽先生看見小毛毛這樣的可憐，心裡難過得很。後來，就用溫柔的聲音安慰小毛毛：

「小毛毛，不要哭吧。你找不到媽媽，媽媽先生做你的媽媽吧。你找不到哥哥，我的女小孩子就做你的妹妹吧。」

於是，媽媽先生把小毛毛抱到自己的懷裡，愛憐似的撫摩小毛毛的頭髮，拍著他，搖著他，小毛毛不哭了，小毛毛睡著了。

第二天，小毛毛一早起來，媽媽先生對小毛毛說：

「小毛毛，我們的家裡實在太窮了，我們兩個人不能養活你，請你跟我們一起去捉魚吧。」

小毛毛聽了很高興，就跟著媽媽

先生和女孩子妹妹，一同出去了。

他們走了一陣，走到一家破破爛爛的草棚裡，去借了一個很小的魚網，再走到海岸上去捕魚。

他們捕了一整天，只捕到一條大魚和兩條小魚。兩條小魚送給那個借網的人家，一條大魚帶回去，燒熟了，三個人分來吃。

小毛毛吃得很少。小毛毛看見媽媽先生實在太可憐，不敢再吃了，小毛毛說：

「我已經吃飽了，吃飽了。」

但是媽媽先生不相信。

但是不相信又有什麼辦法呢？

他們就是這樣地過了一年。

媽媽先生的家裡更窮了。有許許多多的捉魚的人家，跟媽媽先生的家一樣的窮。他們常常在晚上，坐在廣場的樹蔭下，哭哭啼啼的說著自己的窮苦。

有一個人窮苦人說：

「再下去，只有吃樹皮了！」

另外一個窮苦人說：

「餓煞不如犯法，還是去做一個犯罪的人吧。聽說國家對於犯罪的人是優待的：有好房子住，有好的東西吃。」

所以第二天，有許多人，都走到法院裡去，向那懶法官要求判罪。

懶法官半睡半醒地，向他們看了看，懶洋洋地說：

「不錯，你們都很窮，因此都有罪，你們都是犯人。好啦，請原諒，讓我再睡二十四小時吧。」

但是這些犯罪的人沒有監獄住，他們垂頭喪氣地只得又回來了。

而那個小毛毛，他常常住在荒野裡砍野樹，砍了好幾天，砍到了一擔野樹，挑到城裡賣給高帽子的長官們，得到了許多花花綠綠的鈔票，但是這一大捆鈔票有什麼用呢？

最初，這一大捆鈔票，還可換到一升米。

三年以後，只能換三粒米了。

五年以後，要有一百斤重的鈔票才可以換三粒米。

到了第六年，米店的老闆給堆在鈔票堆裡，雖然還有幾十粒米，可以賣出去，但是也顧不得了，他索性關起門來，不再要那些爛鈔票了。

人們都把鈔票當柴燒。小孩子拉了尿，用鈔票來揩屁股。馬路上到處可以拾鈔票。這些鈔票要來有什麼用呀！

人們看見了鈔票，頭就痛起來，都說：

「我們要的是米糧，誰要這些換不到米的鈔票！」

最初，是小毛毛他們吃樹皮，吃草根。後來城裡的有錢的人家，也沒有米了，也要吃樹皮和草根了。

於是人們都哭起來了，大聲地吼叫了。

有許多老人和小孩，經不起肚子餓，就都餓死在田野裡。

所有的牛羊豬狗都殺光了。天上只要飛過一隻鳥，人們便爭著用弓箭射下來。所以後來連鳥也不敢飛到人們的頭上來了。

田野裡、馬路上、牆腳邊，到處都是餓肚子的人，快要死下來的人。他們都餓得面黃肌瘦，不像一個人了。

小毛毛的媽媽先生，就在這個時候餓死的。

小毛毛和他的妹妹，哇啦哇啦地哭。

但是哭有什麼用呢？

小毛毛只得帶著妹妹，帶了大群的沒有飯吃的人們，朝向王宮裡去討飯了。這一隊餓肚子的窮人隊伍，愈來愈長，愈走人愈多起來了。小毛毛走在第一個，他的妹妹走在第二個，小毛毛對妹妹說：

「不要害怕，我們人多，我們要把王宮圍起來，要叫國王拿出飯來給我們吃！」

一條長長的隊伍就像一條巨大的蛇，多麼有力量呀！多麼偉大呀！

六

國王的王宮給包圍起來了。

多麼可怕呀！

國王嚇得在王宮裡打旋，到外亂跑亂撞，最後躲在自己女傭人的廁所裡。

國王坐在廁所的馬桶邊，閉緊了眼睛，抖索著，心裡想：「這些窮光蛋，造反了，造反了！」財政大臣帶了一個高帽子的老爺兵隊長，在王宮裡到處找國王：

「國王呢？國王呢？」

他們找來找去找不到。

找不到國王，人們都急起來了，那個國王的女傭人急得要小便了。

國王的女傭人推開了自己的廁所的門，看見有一個男人，坐在馬桶旁邊盡抖，她來不及看清楚是誰，就從廁所間裡一跤跌出來，跌在地上，大聲地喊：

「救命！救命！」

財政大臣和高帽子的老爺兵隊長都衝過來了，手裡拿了長長的指揮刀，準備去砍殺那廁所裡的人。

可是仔細一看：原來是國王呀！

財政大臣就把國王請了出來，請到會議廳上。

會議廳上坐滿了人。那裡有法律大臣、建築大臣、民生大臣，還有上次開會的時候因為生病沒有出來的糧食大臣。

財政大臣請國王坐定了，然後說：

「各位大臣先生，鄙人雖然盡了一切的一切的力量，去印大堆大堆的鈔票，但是鈔票越多，人們反而不高興了，這到底是為了什麼呀？」

法律大臣也說：「我用了這樣一個喜歡睡覺的懶法官，把全國的老百姓差不多都要判做犯人了，但是為什麼老百姓們反而不歡喜？」

「這個這個，」民生大臣到底懂得老百姓們的苦處，他說：「據我這個平時的觀察，這個這個，這次的這個造反，是有這個原因的。」說著，他「咕」的一聲，咽下了一大口濃痰，然後接下去：「據我的這個調查，監獄裡的這個犯人，實在太舒服了，舒服了。所以這個種田的人，都想做犯人，都想做這個犯人呀！有許多候補犯人，本來是種田的，判了這個犯人以後，就不高興種這個田了，就天天這個等呀等的，想過犯人的這個幸福日子呀！」說到這裡，他又「咕」的一聲，咽下了一大口濃痰。

糧食大臣聽了民生大臣的話，覺得很對，就站起來說：「對啦，對啦！兄弟也有這個意思啦！過去，我們的辦法是弄錯啦，但現在還來得及，來得及啦！兄弟的意思，只要國王先生向老百姓演一次說——演說一次，說明改變一個辦法，再把養犯人的全部米糧拿出來，送給他們，那麼什麼也都解決了啦！」

於是，全體的大臣跟國王商量了一陣以後，由老爺兵和大臣們陪了國王，到那高高的城頭上去說出他的新辦法。

國王抖索著，讀著手裡的一篇文章：

「各位老百姓先生們：過去，是錯了，今後，我們要尊重老百姓先生們的意見，要使每個老百姓先生有飯吃，飯不能單叫監獄裡的犯人先生們吃。監獄裡的犯人先生，到底是少數呀，我們的新辦法是要顧到多數，要使多數人有飯吃，要使多數人幸福，多數人幸福才是真正的幸福呀！」

小毛毛在城底下聽了國王的話，就昂起了頭，問國王：

「請問國王先生，用怎樣的方法才使多數人幸福，才使多數人有飯吃呢？」

國王先生回答不出，財政大臣代替國王回答了，他說：

「第一，我們不要那個懶法官，不要一切的犯人吃飯不做事；第二，由老百姓先生們自己，組織一個老百姓先生們的代表大會，這些代表由老百姓先生們自己選出來，將來老百姓先生們有意見，就由這些代表向國王先生說，不必麻煩你們老百姓先生；第三，為了急救現在的沒有飯吃，國王先生願意把他私自囤積的全部白米，送給各位老百姓先生們吃。為了國家的幸福和自己的幸

福，請你們回去好好地做事吧！」

底下的老百姓都聽得滿意了，都拍起手來了。小毛毛也拍起手來了。

這一天，國王偷偷地吩咐糧食大臣，把他私自囤積的九千四百三十五萬擔白米，拿出二百萬擔，送給那些餓肚子的老百姓們吃。

一場吵鬧就這樣結束了，老百姓們帶了米，都快快活活地回去了。

但是奸滑的財政大臣卻對國王說：

「要小心呀，為了幸福，要預防第二次的造反呀！」

財政大臣在國王的耳朵邊嘰嘰喳喳地說了一個鐘點，國王不住地點著頭，笑著說：

「不錯！不錯！」

一切的事情都照財政大臣的計畫做去。

但是財政大臣的計畫，到底是怎麼樣的呢？

七

幾天以後，模範監獄解散了。

凡是從模範監獄裡出來的人，都是養得又肥又胖，連走路也不高興走似的，像一隻大鴨子，一搖一擺地拐著腳。

這些人都不會再種田了，也不會去開店了。國王怕他們會造反，就答應他們做「榮譽犯人」，每個人每個月可以向國王領一擔白米。國王有什麼事情的時候，他們要隨時幫國王做一些事情。

只有那國王特准住在臨時監獄裡的犯人大毛毛，因為肚子實在太大了，連路也走不動了，所以還是留在臨時監獄裡，請了五十個高帽子長官，和一千七百五十個人去服侍他。

一個月以後，老百姓先生們，開始選舉「代表」了。每個老百姓先生，有一張選舉票。國王指定了榮譽犯人，國王的親戚和朋友，有錢的商人和讀書人，這些都是被選舉人。每個老百姓先生可以隨便選舉國王指定的那些候選人中的一個。這樣選舉出來的人，一定是老百姓先生們的真正代表人了。

在選舉的前幾天，那些國王的親戚和朋友，那些有錢的大商人，那些由國王指揮的有錢的讀書人，都出來向老百姓先生們演說，向老百姓先生們說著自己的好話。

有一個人說：

「你們選我吧，選了我，可以替你們解決一切吃飯問題！」

另一個人說：

「你們不要去選他，還是選我吧，我做了代表，我就可以說出一切的一切的老百姓們的苦處，我甚至可以在國王的面前哭起來，我會的。——怎麼，你們不相信麼，不相信就看我現在哭出來吧，你們看——嘔嘔嘔嘔嘔！……」

有一個肥皂商人，演說不來，就說：

「凡是選舉我的人，每個人各送肥皂一大箱！」

一個布莊裡的大老闆，向眾人說：

「一箱肥皂有什麼稀奇，你們如果選舉我，每個人送兩匹布，兩匹布要比一箱肥皂貴得多呀，至少，要貴一千三百五十四萬九千七百零四塊九角，不相信，你們算算看！」

而那些有錢的讀書人，索性租了無線電播音臺，大規模地向全島的老百姓先生們廣播，還說：

「我是外國留學回來的，你們選我呀！選代表一定要選有知識的人呀！我懂得外國規矩，懂得吃巧克力糖的方法，懂得臭蟲怎麼可以變香蟲，磨成了粉，搽在女人臉上，香噴噴的。總之我懂得很多。甚至我懂得石頭怎麼變白米，你想想，我簡直是一個神仙了。你們選一個神仙做你們的代表，你們還愁沒有吃沒有穿嗎？所以我今天向各位聲明在先，我這個外國留學的最最有學問的人，如果做了代表，可以使全國，甚至全世界的老百姓先生們長生不老，永遠鑽在幸福的牛角尖裡！」

老百姓先生們，聽了這個話，再聽那個話，覺得都對，但似乎又覺得都不對。

怎麼辦呢？

到底選哪一個好呢？

於是，一些餓肚子的老百姓們，選了米店的老闆，趁此拿到一擔白米；一些娘娘和小姐們，選了外國留學的讀書人，想等他送一點臭蟲做的香粉。一些老太太們，選了肥皂商人或布莊的大老闆，拿到了一箱肥皂或兩匹布。而那些「榮譽犯人」們，由於國王的恩惠，一致地選那些國王的親戚和朋友。

結果，老百姓先生們的代表大會成立了。那裡面的代表們，多半是國王的親戚和朋友，一小半是有錢而不懂事的做生意人，還有幾個自以為外國留學的讀書人。

這樣的一個老百姓選舉的代表大會，多麼代表老百姓的意思呀！

老百姓說：「老百姓有小便的自由！」

老百姓先生們的代表大會說：「老百姓沒有小便的自由，為了大眾的幸福，每天只能小便三次！」

老百姓說：「巧克力糖應該大家吃，不應該單單有錢的人吃！」

老百姓先生們的代表大會說：「巧克力糖只能有錢的人吃，只有有錢的人能夠吃得出巧克力糖的甜味，普通的人，吃起來是苦的！沒有意思的！」

老百姓說：「這是黑的！」

老百姓先生們的代表大會說：「這是白的！」

一個國家有了這樣一個「代表大會」，多麼幸福呀！

老百姓們幸福得沒有話說了。

國王幸福得天天在笑。

當國王有了什麼「法律」要成立的時候，國王就大請酒，向他的親戚和朋友們（也就是這個老百姓先生們的代表大會的最大多數的代表們，）說：「每人送一兩金子，每人送一兩金子！」

於是國王心裡想：「每個老百姓每天只能吃一碗飯。」

第二天，老百姓先生們的代表大會就通過了這個法律。

第三天，國王就說：「根據老百姓先生們的代表大會的主張，為了全國老百姓先生們的幸福，每個人每天只能吃一碗飯。因為這是老百姓先生們自己的主張，所以我國王——呃兄弟，就要切實執行這個主張，凡是造反這個主張的，就要捉起來，關起來！」

僅僅為了這個吃飯問題的主張，老百姓們給國王抓去關起來的，就有三十六萬四千七百五十九個人。

這位國王先生，多麼尊重老百姓們的意見呀！

這個國度裡的老百姓們，真正是，要算全世界最最幸福的老百姓了。

這樣的幸福生活過了有一年。

人們為了實在太幸福，一句怨話也不說，平平安安地餓死了四十七萬八千一百五十七個，還有大約兩百萬人餓得生了病。

沒有一個人想到自己的不幸福。

只有那小毛毛，覺得老百姓實在太可憐了，覺得窮人們將要餓得死光了，這個世界只有國王和老百姓先生們的代表大會的代表們可以活了。窮人們為什麼不應該有飯吃，不應該活呢？

「我們要活呀！」

小毛毛從餓癟的肚子裡喊出來。

「我們要活呀！」聽到小毛毛喊的聲音，無數的餓癟的肚子都這樣喊。

這喊聲後來越喊越大了：

「我們要活呀！」

八

幸福島的國王睡在床上，眼睛還沒有睜開來，就聽到外面有很大很響的聲音：

「我們要活呀！」

這聲音就好像天上的響雷，「隆隆隆」地，把國王的耳朵快要震聾了。國王嚇了一跳：

「什麼事情呀？」

國王從床上跳下來，僅僅穿了一條短褲，連短衫也來不及披，跑到窗口那裡，打玻璃窗裡看出去。

國王的臉色立刻變了，全身立刻抖索起來了，連褲子也幾乎抖到地上來了。

原來在外面，在這個王宮的四周，又有許許多多的老百姓，排成了一大隊，齊聲地喊著：「我們要活呀！」

老百姓們又在造反了！

而正在這個緊急時候，國王又聽見自己的房門上，有許多人正在敲打，並且著急地喊：

「開門！開門！」

國王心裡想：這也許是造反的老百姓們打到房裡來了。怎麼辦呢？

國王心裡一急，就拎住自己的褲子，不管三七二十一，很快地鑽到自己的床底下。

房門愈敲愈響了。國王愈抖愈厲害了。國王害怕得索性閉緊了眼睛，索性把自己的耳朵，用自己的兩隻手，緊緊地掩塞住。

但房門終於給敲破了，從房門外湧進來幾十個人，這裡有財政大臣、建築大臣、法律大臣、糧食大臣、民生大臣，以及老百姓先生們的代表大會的代表們，他們滿臉慌張，到處去找尋國王。

國王到哪裡去了呢？

找了老半老半天，後來終於給民生大臣找到了，民生大臣說：「這個這個床子在抖，床子這個在抖，國王一定在這個床子底下。」

於是七八個人鑽到國王的床底下，把國王像一隻豬玀一般地拖出來。

這位國王多麼難看呀：連褲子也抖在地上了。

但是，大臣先生們也來不及管國王的褲子，大家急得嘩啦嘩啦地向國王訴說。因為說話的人實在太多，國王來不及聽，索性用手掩住了自己的耳朵，呆呆的站立著。

但是站立著有什麼用呢？

外面不是在喊嗎：

「國王快出來，快出來，要是不出來，我們就要打進來！」

「打！」多麼可怕呀！

但國王想來想去，除了「打」，也的確再沒有其他的辦法了。

國王於是挺了胸脯，搖了搖頭，下命令：

「叫高帽子的長官們，帶領全體的老爺兵，出去打，出去打，打退這些老百姓先生們！」

財政大臣拍手了，還說，表示百分之三百的贊成。民生大臣也拍手了，他說：

「這個這個，老百姓要活，這個不錯。但你們老百姓要這個活，難道我們，我們就不要這個活了麼？所以這個，兄弟，對於這個國王的打的辦法，表示這個百分之三百零一分的贊成——比財政大臣先生，這個，還在多這個贊成一分。這個這個……」

人們聽了民生大臣的話，大家拍手了。大家快活得跳起來了。

於是立刻，全體的五萬個高帽子長官們，帶領了兩千個老爺兵，衝到王宮的外面，和老百姓們打了一仗。

三分鐘以後，一個高帽子的長官跑到國王的面前來，他的額角上淌著血，哇哇地哭著，向國王說：

「老百姓實在太多了，兩千個老爺兵，在三分鐘裡面，統統給打死了。逃回來的只有五萬個長官，而且其中有三萬九千七百五十六個長官受了重傷，一萬零二百四十三個長官受了輕傷，只有一個長官沒有受傷，因為他最後一個走出來，最先一個逃回來的緣故——不過他的高帽子，也在逃的時候丟了，丟到不知什麼地方去了，再也找不到了，哇哇哇哇！——」

聽的人眼見了他額角上的血，大家都可憐他，也都掉下了一串一串的眼淚。這些眼淚愈掉愈多，慢慢地竟像一條小河，打王宮的樓上流下來，經過樓梯，一直流到花園裡的臨時監獄裡。

臨時監獄裡正躺著國王特准的犯人大毛毛。大毛毛起初還不覺得，後來慢慢地覺得了：「怎麼，屁股那裡誰撒了一泡尿呀！」

大毛毛就哇啦哇啦地叫起來：

「喂！高帽子的長官先生，喂，高帽子的長官先生！」

可是一個長官先生也沒有。

那些長官先生們都到王宮的醫院裡去驗傷了。還有誰來理睬大毛毛呀！

以前大毛毛每十秒鐘吃一塊雞蛋糕，每五分鐘吃一磅餅乾，每三小時吃五磅牛奶，每四小時吃一客大菜，可是那服侍他的五十個高帽子的長官給打傷了，那一千七百五十個老爺兵都打死了，還有誰來服侍他呢？

等呀等的，等了兩個鐘點，大毛毛餓得連叫也叫不出了。

等了三個鐘點，大毛毛餓得索性睡熟了。

但是大毛毛越餓，大毛毛的肚子越會大起來，高起來，脹起來，而且肚子裡的「咕囉」病又發作了：

「咕囉！」

「咕囉！」

「咕囉！」

「咕囉！」

「咕囉！」

這「咕囉」的聲音，愈叫愈大，愈叫愈響了。叫得連國王也聽見了。

國王聽見了「咕囉」的聲音，立刻停住了哭，立刻對這些大臣先生和代表們，說道：

「你們不要哭了吧，辦法有了！」

「什麼辦法呢？」大家吃驚地問國王。

「我們去請出大毛毛先生來吧！大毛毛先生的咕囉病，可以嚇退這些不要臉的老百姓先生們！」

於是他們商量了一會，大家都不哭了，笑了。大家都走到了花園裡。

國王吩咐那個沒有受傷的高帽子的長官，拉了一部很大的榻車來，然後大臣先生們，代表先生們，和國王自己，都用棉花塞住了自己的耳朵，都跑到臨時監獄裡去，把大毛毛搬到了榻車上。

這時候大毛毛的肚子已經脹得像一座坦克車，那「咕囉」的聲音已經大得像是打雷了，但是國王和大臣先生和代表先生和全部的王宮裡的人，都有棉花，都用棉花塞住自己的耳朵，所以都聽不見。

國王命令那個沒有受傷和所有輕傷的高帽子長官們，拖了這部榻車，向王宮的城門口衝出去。

在城門外的廣場上，大毛毛從肚子裡喊出了全世界最最最最大的聲音：

「咕囉！」

整個的地球給震動了。

破舊的房屋都震坍了。

人們在地上震得彈起來，像一個皮球，彈起來又跌下來，跌下來又彈起來。

老百姓們都說：

「不得了，不得了，地震了，快快逃吧，逃吧！」

小毛毛看見站在自己旁邊的妹妹震得跌了好幾跤，就急急忙忙地扶住她，逃回去了。

這一次的「造反」也就造不成了。

國王勝利了！

國王宣布大毛毛有功。國王命令大臣先生們親自去服侍大毛毛。把全世界最好的功克力糖，最甜最甜的蓮心桂圓和蜜棗，給大毛毛吃。

於是大毛毛的咕囉病又好了。大毛毛醒回來了。

大毛毛一睜開眼，看見國王先生，大臣先生和老百姓先生們的代表大會的代表先生們都跪在大毛毛的旁邊，恭恭敬敬地向大毛毛說：

「唉！大毛毛先生！我們代表全國的老百姓們，向您謝謝！」那些代表先生們說。

「這個這個，大毛毛先生，我們真是這個託福了，託福了。我這個，對於大毛毛先生，真是這個，沒有話說，沒有話說，嘔嘔嘔嘔嘔……」民生大臣感激得沒有話說，索性鼻涕眼淚的哭起來了。

而這時候的國王，也插嘴說道：

「我呀，做一個國王，真是慚愧，慚愧！我想以後請大毛毛先生做名義上的國王，由我做實際上的國王吧。這個『名義上的國王』，我想大毛毛先生一定可以賞光的！」

大毛毛先生的嘴裡剛巧被人塞進一塊很大的巧克力糖，來不及說話，就「咕囉」了一聲。但是人們都以為大毛毛先生答應了，都拍手大叫——

「名義上的國王大毛毛先生萬歲，萬歲！」

第二天，國王出了一張布告，向老百姓們宣布：

為了要嚇退你們老百姓先生們的搗亂，現在，兄弟，特請咕囉大王大毛毛先生做我們幸福島的「名義上的國王」。以後，為了我們全國老百姓先生們的幸福，凡說到大毛毛先生，就要用「名義上的國王大毛毛先生」稱呼他。這是經過老百姓先生們的代表大會通過的。這是百分之三百六十分的民意。凡違反了這個人民的意思，就要殺頭！

幸福島日曆第十三年二百十六日早上立

幸福島實際上的國王（印）

九

實際上的國王的布告，貼出來了以後，老百姓們被國王抓去，給國王殺頭的人很多。

老百姓們看了這個布告以後，都不大懂，都相互的問：

「什麼叫做實際上的和名義上的呀？」

有的人說：

「大毛毛先生的名字上，為什麼要加上這樣一連串不好念的綽號呀？」

但是說這句話的人，恰巧給站在旁邊的高帽子的長官聽見，就抓去殺頭了。

因為他沒有在大毛毛先生的名字上加上這個稱呼呀！

老百姓們怕極了。老百姓們連說話也不敢說了。

到了後來，除了說一些吃飯拉屎的話以外，老百姓們一見面，只是點點頭，做一些手勢，別的話什麼也不說了，都變成啞巴了。

這樣的日子多難過呀！

只有那小毛毛，他知道哥哥大毛毛，在做國王的走狗了，他非常憤怒，向人家解釋：

「這個大毛毛就是我的哥哥，他不要臉，做了國王的走狗了。但是我們不要怕，不要怕我哥哥大毛毛的咕囉病。我哥哥大毛毛的咕囉病，只要給他東西吃，就會好的，就不會咕囉的。」

但是小毛毛說了大毛毛的話，在大毛毛的名字上沒有加上稱呼，犯了實際上的國王的法了，所以這實際上的國王立刻派了一大隊人來，來捉小毛毛。

小毛毛逃得快，沒有捉到，但是小毛毛的妹妹給捉去了。

小毛毛的妹妹是沒有罪的呀！為什麼要捉小毛毛的妹妹去呢？

老百姓們看見了這樣的事情，大家都為著小毛毛的妹妹抱不平。後來大家都為那些被殺頭的人抱不平。後來大家都同情小毛毛。後來小毛毛和大家聯絡，一致要去打倒那個混蛋的實際上的國王，打倒那個國王的走狗——名義上的國王大毛毛。

老百姓們都說：

「我們與其一個一個被殺掉，與其活著不能夠自由地說話，那麼索性大家衝到王宮裡去死，死了索性不說話！」

全國的老百姓們都憤怒起來了，憤怒得都脹紅了臉，甚至憤怒得連眉毛和頭髮都脹紅了。他們都說：

「我們索性一同去死吧！」

「我們索性一同去死吧！」

全國的老百姓都抱著死的決心，手裡拿了樹條和木棍，排了一隊長長的隊伍，第三次的衝到王宮裡來。

這條隊伍多麼長呀！隊伍裡有白鬍鬚的老年人，有手抱孩子的媽媽，有工廠裡的工人，有商店裡的店員，有各種各式的人，有說不出種類的人，甚至還有牽了牛走路的看牛孩子，手裡抱著幾隻小豬玀的鄉下的種田人，總之，全國的老百姓都排在這個隊伍裡了。

隊伍一面走，一面喊：

「打倒這個實際上的壞國王！」

「打倒國王的走狗大毛毛！」

「打倒吃飯不做事的大臣先生們！」

「打倒不合法的老百姓先生們的代表大會的代表們！」

「打倒一切的走狗高帽子！」

「打倒一切的一切的一切……」

小毛毛走在隊伍的第一個，高聲地喊，喊得喉嚨也幾乎喊啞了。

隊伍像一條憤怒的河流，浩浩蕩蕩地直衝向王宮裡來。

這時候，國王知道老百姓們又要造反了，他站在高高的城頭上，很驕傲地笑了笑，命令他的手下人：

「把大毛毛先生餓起來！」

於是，從這天下午一點三十五分又八秒開始，把大毛毛餓起來了。

當隊伍衝到城門口的時候，是在下午四點四十五分又二十秒，大毛毛已經餓了三個多鐘頭，大毛毛的肚子又像坦克車一樣了，大毛毛的肚子裡又在咕囉咕囉地叫了。

大毛毛給搬到榻車上。

高帽子的長官推著大毛毛的榻車從城門口衝出來，於是廣場上又像在地震了，只聽得：

「咕囉！」

地皮震動了一下，人們給彈得跳了跳。

但是這一次，卻沒有一個人是逃的。

「咕囉！」

人們像皮球一般的彈得更高了。

「咕囉！」

人們的腳快要站不住了。

但這時候，小毛毛卻大喊一聲——

「衝上去呀！」

於是無數的人的無數的腳，飛也似的直向城門口衝進去。

廣場上只見是一片泥灰的煙，連人的影子也看不見了。

推著大毛毛楊車的幾十個高帽子的長官，丟下了楊車就逃。大毛毛雖然還要想「咕囉」下去，但是，給無數憤怒的腳踐踏著，大毛毛的坦克車一般的肚子給踏穿了，肚腸淌了一地，那肚腸裡淌出來了許多沒有消化的桂圓肉和蜜棗。

大毛毛多麼可笑呀！

大毛毛來不及醒來，就已經死掉了。

那可怕的咕囉的聲音再也不會有了。

老百姓們的腳，踏過了大毛毛的肚子，再

往前衝，又踏過了許多跌在地上來不及爬起來的高帽子長官們的肚子，再往前衝，衝進了王宮的城門，再往前衝，踏過了許多老百姓先生們的代表大會的代表們的肚子，再往前衝，衝進了王宮的大門。

王宮的五彩玻璃窗，都給老百姓們敲碎了。

王宮的檯子和椅子，給老百姓們踏壞了，踏爛了。

老百姓們一直衝進了國王的臥室裡，可是找不到國王。老百姓們一直衝進了國王的廁所裡，可是也找不到國王。

這個「實際上的國王」到了哪裡去了呢？

尋找了足足有三小時，七八個老百姓先生，終於從花園裡的臨時監獄裡，把這個實際上的國王，像一隻山羊似的牽出來了。

老百姓們把國王牽到小毛毛的面前。

小毛毛問：

「你是不是實際上的國王呢！」

國王脹紅了臉，抖索著，慚愧得哭出眼淚來了。

小毛毛問：

「那個給你們捉去的，小毛毛先生的妹妹在哪裡？」

國王搖了搖頭，表示不知道。

老百姓們看見了這個狡猾的國王，多麼憤怒呀，大家就用憤怒的手，打他的耳光，用憤怒的腳，踢他的屁股，後來還要殺國王的頭，但是給小毛毛勸住了，小毛毛說：

「殺了他也沒有用。現在先把他關起來吧，把他和大臣先生們關在一道吧！」

老百姓們都聽小毛毛的話，把國王和大臣先生們關在一道，關在一間最最齷齪的廁所裡。

這一次，老百姓們把整個的王宮找遍了，可是再也找不到小毛毛先生的妹妹了。

小毛毛先生的妹妹到哪裡去了呢？

小毛毛先生的妹妹是不是還活在這個世界上呢？

小毛毛的心裡很難過，有十七次要想哭，但是為了老百姓們的勝利，他沒有哭出來，只是比了比嘴，比了比嘴。

那麼小毛毛先生自己，到底打算怎麼辦呢！難道就不再找自己的妹妹了麼？

十

這一天，剛巧是幸福島開國第十三年的最後一天。

這一天的晚上，小毛毛沒有睡覺。

這一天的晚上，全國的老百姓們都高興極了，高興得都不高興睡覺了。

第二天，也是第十四個年頭的第一天。

人們都快快樂樂地走到王宮前面的廣場上，高高興興地慶祝他們的勝利！

老百姓們都說：

「現在可以自由地說話了。」

「現在可以自由地吃飯了。」

「現在，可以不再有只吃飯不做工的人了。」

小毛毛站在一個土堆上，高聲的說：

「老百姓先生們，現在真正是幸福了。少數人的幸福，不是幸福，多數人的幸福，才是

幸福呀！從今天起，我們要自己管自己，不能偷懶，也不許任何人來吸我們的血。過去，國王和大臣先生們和那些『榮譽犯人』們，那些只吃飯不做工的人，都是我們的吸血鬼，今天，我們大家做法官，大家來判決他們的罪！」

於是國王和大臣先生們和「榮譽犯人」們，都像山羊一般地，被牽出來了。

老百姓們都憤憤地說：

「我們不懂得法律，我們只懂得種田。現在我們的牛不夠，都在餓肚子的時候吃掉了，就讓我們缺牛的人家，每家帶一個回去，養在家裡，叫他們拖犁頭吧！」

全體的老百姓們都拍手了，都贊成這個辦法。於是缺少牛的人家，每家用繩子來牽去一個。

這些貪吃的懶做的人，都是又肥又胖的，做一條牛，多麼合適呀，多麼好呀！這樣的辦法，恐怕是全世界最最聰明的辦法了！

後來小毛毛又站到土堆上去，說：

「過去，都是國王害人，都是這批大臣先生們害人，以後，我們不再要國王，我們要老百姓先生們自己治理自己，我們要選擇出幾個真正能夠為我們老百姓謀幸福的人。所以老百姓先生們，你們自己來商量吧！」

全體的老百姓們又都拍手了，大家贊成小毛毛的意思。大家都商量起來了。商量的結果，他們選出了三十五個人，這些人有的是皮匠，有的是賣大餅油條的，有的是種田人，有的是印刷工人，還有一個在海邊上靠捕魚吃飯的小毛毛。

但是這些人，倒真正是這些老百姓們的代表呀！這些人，倒真正是能夠為老百姓們的幸福著想的！

這一天，老百姓們都快快活活地玩了一天。一直到天黑，才回到自己的家裡去了。

小毛毛也很快活，回到海灘邊的自己的茅草棚裡。

但是一回到茅草棚裡的小毛毛，就想到了自己的妹妹了，妹妹到底在哪裡呢？她是不是還在我們這個世界上呢？

小毛毛問了許多許多人，總是找不到自己的妹妹。小毛毛常常獨個人坐在海灘邊哭，可是哭來哭去，還是找不到妹妹。

後來小毛毛實在再沒有方法想了，就寫了一封信，寫給全世界的小朋友們。

小毛毛的信是這樣寫的：

全世界的小朋友們：

我叫小毛毛。我和我的妹妹一同住在幸福島上。有一天，高帽子的長官到我們家裡來捉人，捉不到我，就把我的妹妹捉去了。妹妹是沒有罪的，不知道他們把她帶到什麼地方去了。所以我請全世界的小朋友們留心，如果附近有一個新來的女孩子，請你去問問她的名字，她的名字是不是叫做「小毛毛先生的妹妹」？如果是，請你寄一封航空快信來通知我，我的地址是：「幸福島的海岸邊，一個破舊的茅草棚裡。」現在我預先向您謝謝！

祝您

幸福！

小毛毛鞠躬

給
全世界的小朋友
小毛毛

各位小朋友：你們看了小毛毛的信，你們覺得怎樣呢！願不願意幫助小毛毛找尋他的妹妹呢？

小毛毛直到現在還是一個人住，小毛毛真是可憐呀！

如果有一天，小毛毛真的找到了自己的妹妹，那麼小毛毛和妹妹一同住在真正幸福的幸福島上，這時候，小毛毛才是真正的幸福了。

所以小毛毛的幸福不幸福，都和我們全世界的小朋友們有關係。

小朋友們：為了小毛毛的幸福，也為了大家的幸福，從今天起，我們努力去找吧！

上海中原出版社一九四八年四月初版

編注：本文插圖作者為刃鋒。

討厭的人

許多年以前，有一位富裕的貴族子孫。他繼承了父親的產業，全部的產業，在各種不同的地方浪費著。有時他把很好的錢，去丟給素不相信的人，有時，他請了許多善講故事的說客，講他們各式各樣有趣味的故事，而他自己，也盡拿他的錢，分發給他們。

因此不到幾年，這位貴族子孫便把他所有父親遺留下來的無數錢財，揮霍淨盡。到這末了的一天，他才自己悔恨自己，坐到人家房屋的階沿上，拍拍空手，責問著自己：

「到底現在我應當到什麼地方去呢？」

他去求他以前給過錢的人，可是他們都拐轉了頭，誰都沒有理睬他；有的竟板起了臉說：「我們從來沒有和你相識過！」他去懇求不相識的人，說他能講一些奇異的故事，可是這群人都不相信，他們打量打量貴族子孫，說道：「你的故事也即是別人的故事，我們不喜歡聽，因為別人的故事我們都聽見過了，當他們在講給你聽的時候。」原來這位貴族子孫在自己出了錢，叫說客們講故事的時候，還有許多外邊來的人在旁聽著，但他們是不出錢的。

所以現在事情弄得明顯極了：貴族子孫沒有錢，但沒有一個人能夠，或者願意幫助他。貴族子孫回想到有錢時的各種情景，他真的越想越悔恨了呢——冷冰冰的坐在人家房屋的石階上，不禁兀自嗚咽起來了。

正在這個時節，有一個面目生疏的商人，匆匆忙忙的從階沿的東邊走近來。他望了望貴族子孫，似乎憐恤的樣子，向他說：

「原來你在這裡啊！難道你已賣掉了你的住宅——你父親建造的很好的住宅嗎？啊啊，要是我不看你父親給我的照相，我簡直不能認識你了。我是你父親最忠實的朋友，你父親在世的時候，因為他看到你用錢不知節省，交友不知選擇，所以他很擔心你，他便託了我這樣的一件事。他說，在他臥室的門檻下面，他會藏有隻鐵製的魔犬。如果你到那邊去，掘了來，搖動它耳朵的時候，它就會高飛到天空中去，很快而且很勇敢地飛著。它又會慢慢地停下來，當你搖動著它尾巴的時候。這隻魔犬，是你父親盡了畢生的精力，勤勞地，在事業中奮鬥了好久好久。他才得到的。現在你居然很容易地得到了，這是你的幸福！你的父親和我，都希望你，嗣後去開始你的新生！」

貴族子孫聽到這樣的話，他真是感激極了，這種感激，使他立刻能想起失火時上天降著的傾盆大雨！他跪在烏黑的泥土上，向這位陌生的商人行了最敬的禮，表示他能依照他的吩咐做去。

隔了一夜，魔犬固然得到了。

然而得到了魔犬，一顆快樂的心卻令他忘記了所有以前的一切——不論是自己坐在石階上的流淚，或是商人向他說的話，他全部忘卻了。這裡他要騎著魔犬，去遊覽那個神祕的天空，去荒費他自己的時光，去消磨他自己的生命。

他騎著魔犬升到天空裡，出去了。

從半空裡投視下來，這實在是回有趣味的事。在貴族子孫的心裡，覺得這些事比他在聽講故事的時候還要值得玩味。他望著，下面的什麼人啦，犬啦，房屋啦，城垣啦……，每樣每樣都是十分渺小。他想，要是他再能不吃東西，不睡覺，那他真與一位仙人無異，他能睥睨一切，他高出於所有一切人們的領域！本來充滿著饑寒恐怖，怕沒有錢用的貴族子孫，現在卻完全沒有這種心理了。

他但願永永飛奔，無論在白天，或是夜間。在白天，他能高矚人世的渺小；

在夜間，無量數的燈火滿布了地面各處，好像沙灘上的沙粒一樣，好像大海裡的可愛的水泡一樣。

接連飛了好多天，所帶的乾糧吃盡了，貴族子孫的肚子開始饑餓了。正當這時，他低首俯望下面，覺察到下面的情形有些和尋常不同：非但有高巍寬大的房屋，而且在五色燈光中的琉璃瓦，反射出紅紅綠綠的光條，看來十分美麗。

「無非是皇宮吧。」他想。

以前曾過著皇宮似的生活的他，對於真正的皇宮他並沒有看見過。這回他一半為了饑餓，一半為了好奇，竟將他的魔犬停歇下來了。

魔犬停在公主的房屋前，那個很大的天井裡。

這時天色烏黑，夜籠罩著整個皇宮。公主獨自在她的臥室內，朦朧中眼見這樣一個陌生的人，自然她駭得幾乎要哭了。直至陌生的人小心地跪在公主面前，說明來歷，這才使公主平靜了下來。

公主是一個聰明的孩子。她平素在她的皇宮裡，從沒有裝出高貴的氣魄，總是和許多女僕人們在一塊說說笑笑，好像親愛的姊妹一樣。碰到悶氣時節，便拿了一冊講故事的書閱讀著，或是聽著別人敘述許多新穎的故事。公主是位愛聽故事的人。

貴族子孫住在皇宮裡，能享到這樣的厚福，他的一顆懶姍的心不由的時時快活地跳動著。他知道公主是歡喜聽講故事的，因此，他借著這個機會，把以前他從別人那裡聽到的故事，一一講給公主聽，而一面還說：

「這些故事，都是我自己創造的！」

公主羨慕他的聰明，所以很愛他。到了後來，貴族子孫差不多每天要到公主那裡去。這些事，卻傳到國王的耳朵裡，於是國王一天向貴族子孫說：

「公主很愛你的聰明，所以她是很願和你結婚的。不過依照這裡先例，在當和公主結婚前六天，你得到那個白頭林裡去。那裡有一個圓池，池的周圍圍著有數不清的白頭樹，在這些白頭樹中間，有一顆開著鮮紅的花的，你該去取下兩朵來，作為結婚的珍花。雖是那裡邊有很凶猛的獸類，但這是能表示你的勇敢，和你高尚的能力的。」

貴族子孫聽聞到這種話，心中自有些忐忑不定。他想：「有了魔犬的幫助，總不致於失敗的罷。」

可是這位嬌養慣了的貴族子孫，他是只配用別人的錢，享別人交給的福，絕不慣由他自己去另求生活的。這一天，他騎著魔犬，分別公主高騰到天空中去，自己的頭緒卻一點也沒有，他心裡只顧想著可怕的野獸，可怕的野獸！他不知道要用怎樣的方法，才能叫這些野獸們不去傷害他。

白頭林到了，那是一個荒僻的地方。一眼望去，滿地是蕪雜的森林，綠叢叢的，陰深深的。如果要到那個圓池，那是非得想一番計畫，行一番苦工作不可。然而我們看貴族子孫罷，他一到那邊，便不敢深入森林。他的心裡充滿了：

「可怕的野獸！可怕的野獸！」

魔犬和他，停留在森林最外層的荒地上，而吃不起苦的貴族子孫，已蟄伏在地上，疲乏得睡著了。

他做了場奇怪的夢。

——一位老人從森林的那邊走近來，他向貴族子孫望了好一會，帶些輕視的意思。一會，踏著緩步走了，一面自言自語著：「天下沒有這樣容易的事！」停停，「父親和兒子是兩件事呀！天下決沒有不勞作的人，能輕易得到這樣光榮名譽的事！……」老人漸走漸遠，最後在森林的盡頭消失了……

等到貴族子孫醒回來，已發覺魔犬失了蹤。他想著想著，便傷心地痛哭了。這或是他在哭他以前的浪費，和自己現在的不努力吧。

——原刊一九三五年十二月一日
《光華附中》第四卷第三期

兩路燈

都市的路燈被移到小鎮上來，因為都市裡的路燈都改用電燈了；農村的路燈被遷到小鎮上去，因為農村破產了，農村裡的路燈再亦不需要了。

這兩盞路燈被遷移在同一個小鎮上。管路燈的人，各豎了一根木柱，把這兩盞路燈高懸在木柱的頂上，相互對面著。小鎮上的風光，總是不十分熱鬧，但亦不十分冷靜的。這兩盞路燈各被遷移到一個和以前不同的地方，自然他們對於新環境，不期然的產生了一種新的心理，新的認識，新的感覺。

都市的路燈豎在都市裡頭，終日下面是一片喧嘩嘈嚷的聲音，即使到了夜間，這種熱鬧的聲音也不會消滅。白天下面有無數的車輛，簡直發瘋似的在那裡各自飛奔著。無數的路人，一群群的，在馬路兩邊走著，在懸得高高的路燈的目光中間的對於這些人們的印象，真小到好像螞蟻一般。到了晚上，成千成萬的明星似的電燈，在兩旁的房屋裡邊掛著，發出異樣的銀白色的光芒，把馬路上每一處的黑暗，都照亮了。路燈處在這種環境之下，他的生活，是非常簡易的：每天到了晚上，有一個穿著藍色制服，背上胸前各有一個大紅圈的街夫，走到路燈跟前來，把路燈用鉤子落下，添了油，燃點之後送在原處；街夫走開了，一點不留意路燈。路燈看到街道兩邊的電炬已很明亮，用不到再需要他的光來射照下地，所以他為自己省力起見，便亮得簡直不像是盞燈。從下面望去，只能看到紅的一點，僅僅這一點，外面就沒有光芒了。下面的路人因為看到光亮已夠，所以他們從沒有覺察到路燈借光的事。直到後來，因為都市的街道逐漸變大，需要更多的路燈去把下面黑暗的地方照亮。但是路燈多了，點路燈的街夫不也要多起來嗎？聰明的人想到這一點，認為太不經濟了，於是吩咐將路燈收去，改用電燈。這樣都市的路燈被遷移到小鎮上。

農村的路燈豎在農村裡頭，於日下面是一片悲慘叫苦的聲音，即使到了夜間，這種可怕的聲音也不會消滅。白天下面有許多衣衫襤褸，面帶饑色的農夫農婦們經過，他們看看田裡晒得焦黃的稻，被稻蟲被屠的稻，他們的臉色慘灰，便叫苦連天起來。有時他們牽著一頭憔瘦不堪的黃牛，打路燈的跟前走過，有時他們拖著犁田的東西，在路燈的背後跑過。到了晚間，他們算是記起路燈來了。為了燈油的昂貴，在有月亮的時候，他們縱使記起來路燈，也是不去燃點他的。為了燈油的昂貴，他們不怕方法的麻煩，總是把燃點路燈的職務，一家家的挨推下去。今天應當什麼人來燃點路燈了，便是出來了一個人，把路燈落下，把自己帶來的一點燈油加添進去，然後點著路燈送歸原處。明天應當又是什麼人家來燃點路燈了。於是又新換一家上來。這樣每晚上路燈被輪流燃點著，路燈也認識了所有這村落內的人。各式不同的臉，方的，長的，圓的扁的，他都能記起。他能得到一個結論，把這些不同的臉找出了一個相同的地方，便是他看到他們臉上那種饑餓的色彩，和疲倦失望的臉態，總是相同的！他看了這種情形，心裡滿覺得不安。更看到每晚上，應當是睡眠休息的時候了，他們仍呈著沒奈何的一副臉色，牽著疲倦至極的黃牛，趕到車棚裡車水去的可憐的工作。他的柔弱的眼眶裡，不禁紛紛地滴下淚來。為了這些外事的刺激，所以路燈更不敢偷懶，不願偷懈。每晚他只知勤謹地工作著，射下明亮的光芒，好叫一班農人可在夜裡走路不遇到意外的阻礙，去停止他們可憐的工作，使他們更陷於失望的境地。直到後來，到了稻田收穫的時候了，然而因為天旱蟲災的原故，穀類絲毫收穫不到，農民們失望的臉色變為絕望了。他們有的投河自盡了，有的盡賣了自己的房屋，償還了債，自己做了丐兒，有的成群結隊，流難到外鄉去作難民了。路燈兀自站立著眼看這些可歌可泣的情景！最後一個農夫因為不能過活，將路燈出賣到小鎮上。這是農村的路燈被遷移到小鎮上的一段來歷。

出身不同的兩隻路燈，現在站到了同一個環境裡，他們的內心心理，認識，感覺，必然的也是不相同了。都市的路燈看到自己已給豎在這樣一條小巷似的大街上，為了自己的身份，他真覺得難過！每天他總低下頭，好像不願生活下去的樣子。在這樣狹窄的街道上，風一點不能吹到，汙濁的空氣纏住了他，實在他再忍無可忍了。成天地他觸著眉頭，皺著額角，瞧著下面一爿蒸發著惡腥氣的肉店，穿著襤褸衣衫的鄉下農民，彎曲著背，被別人奚落的許多乞丐，充滿了蠢氣傻氣的店員夥計們，沒有人管理的髒狗，倒汙水到街上去的婦人，臉上塗著黑煤似的頑皮孩子，衰弱得簡直不能走路，自己打著鐵板，晚上出現的瞎子算命先生，手裡挾著破扇，懶懶地踱回家去的老醫士，扛著擔子，叫喊著賣臭豆腐干的小販，……這些這些，在都市裡不經見的討厭的東西，一天到晚他看飽了。他的肚子就好像反胃似的不好過！一到晚上，又看見那位連制服都沒有穿的街夫，用一雙炭團似的手，把到他的肚子上邊來，威脅得幾乎將他的頭頸都快要縮斷了。便是連那位街夫添加進來的油他也覺得異樣，倒在他的肚裡，令他頭腦也昏了。更其是，下面沒有電車，沒有汽車，沒有風馳電掣的東西，能叫他的心胸看了後感到爽快，——他認為這一點是十分遺憾的，平素他的地位是站得很高，現在他被裝在這樣一根低矮的木柱上，下面有各種難堪的氣味蒸著他，上面像一條線似的不開朗的青天蓋著他，於是他發現自己是被蓋在一個奇異的汙水溝裡了。下面走著的人只是一些可憐的螞蟻，吃的是不潔的東西，穿的是不潔的東西，吸的是不潔的東西，做的也是一些不潔的事。飛著的小鳥也只是一些鄙惡的蚊蟲，一座座的房屋只是一個個從牛糞裡出來的蟬的軟殼而已！水草是他們的樹木，蝌蚪是他們的鯉魚，蚯蚓是他們所尊敬的龍，汙水田便是他們的大澤大海。「像這樣卑下可惡的世界，」都市的路燈想，「還值得我的光亮來普照下去嗎？——不能不能，這是決計不可能的事！誰願意來使這樣卑下可惡的世界，賜下一點光亮呢！」所以每當街夫燃點了都市的路燈旋轉身來回去的時候，都市的路燈便自己熄滅了。

農村的路燈看見自己已給豎在這樣一條熱鬧的大街上，與自己本來的環境比較，真覺得絕然不同！一眼望去，什麼都能送給他快樂和趣味。他慶倖著自己的厚福！他覺得在這大街上無論什麼事物，總是新鮮奇異，為他以前所未曾過目的。每天他老低下頭來，看著這些新奇的事物：沒有哭喪著臉的人們，沒有臉上呈著饑餓的色彩，疲勞失望的倦態的人們，沒有半夜裡牽著疲憊的黃牛，苦苦地踱到車棚裡去搶潮的人們，這裡所有人們都是可愛的活潑的。一群活潑的孩子，手裡拿著竹杆，跑在街上唱，那跟在後面跑的一個孩子道：

「阿木應，掃帚柄！阿木應，銅鐲柄！阿木應，鏟刀柄！阿木應，鋤頭柄！」

阿木應笑著追著，一路上很是快活，經過了路燈那裡。農村的路燈看見了，心想：「這些孩子們追跑的事在鄉間我也曾看見過的，不過他們都是哭喪著臉的追跑，一邊還遭受到母親們的阻止，說著：『飯要吃不出了，還在那裡快樂什麼？』孩子們聽到母親如此向他說，於是他們立刻成功死的樣子，以後活潑的神氣是更沒有了！」

路燈一面想著，一面又隨便望了下去。他看見有連接著門面的一爿爿的店，店裡坐著幾位夥計們，說說談談，等到有人拿了響的黃的圓的東西給他們後，他們就把他要的東西交給他，這種玩藝，為農村的路燈以前所絕對沒有看見過的，他真覺得有趣！下面走著搽了香水香粉的女人，微風送到路燈的鼻管裡，使他感到一陣舒暢！旁邊站著手裡帶了竹絲籃的，從鄉下出來的農夫，他們和氣可愛地東張西望，路燈見了也覺有味！一到晚上，那位可親的街夫，總好像永遠不會忘記路燈似的，準時到他的跟前來，笑著，裝著燈油，燃點了他。路燈看到有一位專事服侍他的人，不像以前在鄉村裡邊服侍他的挨推不定，所以現在路燈的內心，到處都是滿足！平素他站在一枝爛木條上，現在他被裝在這樣的一根可愛的黑漆木柱高頭，下面有各式各種不同的新奇事物顯映給他，上面有規正的一線陽光撫摩著他的臉頰，祝福著他，於是他發現自己是被蓋在一個奇異的天堂裡了。下面走著的人不再是人，是許多為人愛戴的活佛，吃的是純潔的東西，穿的是純潔的東西，吸的是純潔的東西，做的也是一些純潔的事。飛翔著的小鳥正是一些為他們遞送消息給下界的仙鳥，一座座的房屋正是一堆堆飄掛在半空裡的美麗的雲霞，仙草即是他們的樹木，仙魚即是他們的鯉魚，聽他們指揮的蛟龍即是下界取水吐水的蛟龍，純亮碧色無邊無際的天即是他們的海澤。「像這樣神仙燦爛的世界，」農村的路燈想，「真值得我的光亮普照下去呢！——一定一定，這是最適當不過的事！我願意替這樣神仙燦爛的世界，放下一大片光明！」所以每當街夫燃點了農村的路燈，旋轉身來回去的時候，農村的路燈便自己努力將光度加強了。

一個晚上，小鎮上的鎮長有事經過大街，走到都市的路燈下面，因為那盞路燈自己熄滅了，下面是一片黑暗，所以鎮長踢到小石子，跌了一跤。鎮長憤恨那盞路燈，便吩咐街夫，將他拔了起來，投擲到大江裡去。

又一個晚上，鎮長有事經過大街，走到農村的路燈下面，因為那盞路燈的光度很強，照耀得下面如同白晝一樣，所以老遠就看見了那塊小石子，沒有跌跤。鎮長感謝那盞路燈，便吩咐街夫，將他移到鎮局那裡去，站在鎮局前面；兩邊有兩隻石獅陪著，中間是一根白銅的柱子，高高地支住那盞農村的路燈。

每看見這一盞農村的路燈的人們，總是相互講述這一回故事，然後讚美著道：「他的出身雖是低劣，可是他卻勤於工作，不為原有的生活所滯涸，他能適應環境，他真是位高尚的人！」

——原刊一九三六年十月二十日

《光華附中》第四卷第六、七期合刊

幸福

一

你認得陸小狗的爸爸嗎？哼，陸小狗的爸爸是一個頂頂富的大富翁！

世界上的大富翁都是大肚皮，厚嘴唇，說話的時候嗚呀嗚的，在嘴巴裡好像老是含著一塊水果糖，總是說不清楚，現在陸小狗的爸爸也是嗚呀嗚的，說話的時候總是說不清楚。譬如現在，陸小狗的爸爸又在說話了，他笑嘻嘻的說：「嗚啊，不錯，做生意嗚，就要賺旗（錢），不賺旗（錢）的生意嗚，我可不該（幹），不該（幹），嗚啊，嗚啊！」

陸小狗的爸爸做些什麼賺旗（錢）的生意呢？那就是囤積。但是什麼叫「囤積」呢？在我們的常識教科書裡不是沒有這個名詞麼？

不懂這個名詞的小朋友，可以去問他——問那陸小狗的爸爸，陸小狗的爸爸就會抖抖他的胖嘴唇，笑嘻嘻的對你說：

「嗚啊，連囤積都不懂麼？嗨嗨，囤積嗚，就是要把人家最需要的東西，嗚啊，譬如米呀煤的，梅（買）得來，梅（買）得來，放在自己的家裡，嗚嗚，不埋（賣）出去，嗚嗚，不埋（賣）出去，嗚嗚！不埋（賣）出去就好了，就好了嗚：人家要，你不給，人家更要，你嗚，你嗚，你更不給！」他嗚呀嗚的說得多起勁呀，他坐在沙發裡，抖抖胖嘴唇，搖搖大肚皮，他實在快活極了，因為他會得囤積！

可是人家越要的東西你越不給，這有什麼用呢？陸小狗的爸爸這時候可高興得紅了臉，他抖抖他的胖嘴唇，他告訴你：

「嗚，你真本（笨）嗚，越不給的東西不是越少嗎？越少的東西不是越要嗎？嗚噢，唉嗨嗨，越少的東西不是越貴嗎？譬如說米嗚，米越吃越少，你梅（買）了來放著，只要放著，可是嗚，人家的肚子不能空，嗚哈，空肚子要餓死的，要餓死的呀！所以人家嗚，就願意出很大很大的價旗（錢）來梅（買）你的米，這時候，你不是賺旗（錢）了麼？」

賺「旗」！賺「旗」！

陸小狗的爸爸只曉得賺「旗」！

前線在打仗，在打東洋鬼子，可是陸小狗的爸爸只曉得賺「旗」！種田的人把米賣光，後來沒有米吃了，後來一個個餓死了，可是陸小狗的爸爸只曉得賺「旗」！馬路上餓死的人東一個，西一個，窮人家沒有煤球生爐子，小朋友餓得哇哇的哭，可是陸小狗的爸爸只曉得賺「旗」！賺「旗」！

而且陸小狗的爸爸非但不哭，反而笑了；他嘻開了胖嘴唇，抖抖大肚皮：

「嗚嗚，看，好看呀，誰叫你不拿出『旗』來呢？嗚嗚，不拿出『旗』來的就該餓死，就嗚，就嗚，就活該！活該！嗚嗚！」

嗚嗚，人家餓了要餓死，就只得送旗（錢）給他了。他笑嘻嘻的接了「旗」，他賺了很多的「旗」！嗚嗚！

嗚嗚！陸小狗的爸爸就做了一個頂頂大的大富翁了！嗚嗚！

二

嗚嗚！你不相信麼？陸小狗的爸爸頂會曉得什麼東西會賺「旗」，什麼東西不會賺「旗」！

嗚嗚！你只要到陸小狗的爸爸那裡去，你去看看他家裡的東西呀！啊喲，你一定會嚇了一跳：那一包包，多得像饅頭店裡的饅頭似的，是什麼呀？陸小狗的爸爸就笑嘻嘻，告訴你，「嗚嗚，這是米嗚！」再走到他的大院子裡，那像小山一樣的堆著的，這是什麼呀？陸小狗的爸爸就會笑嘻嘻，告訴你，「嗚嗚，這是煤嗚！」再走到他的樓上，那像罐頭食品一般的，一桶桶堆著的，那是什麼呀？陸小狗的爸爸就又笑嘻嘻，他告訴你，「嗚嗚，這是克寧奶粉嗚！」要是你高興的話，把你的頭低下來，向陸小狗的爸爸的床底下一瞧，那黑烏烏的，像豬玀一般躺著的，那是什麼呀？陸小狗的爸爸就更笑嘻嘻，他會告訴你：「嗚嗚，這是白糖嗚！」

嗚嗚！怪不得人家沒有飯吃了，沒有煤球生爐子了，原來米和煤都在陸小狗的爸爸的家裡！許多人家的小孩子，養出來沒有奶粉吃，都瘦得像柴爿，死了丟在馬路上，原來奶粉和白糖都在陸小狗的爸爸的家裡！

陸小狗的爸爸怎麼不會賺「旗」呢？陸小狗的爸爸怎麼不是一個大富翁呢？嗚嗚！嗚嗚！

三

打仗打了有八年，許許多多的大人打死了，許許多多的小朋友餓死了，可是陸小狗的爸爸愈來愈賺「旗」了，愈來愈胖了。

現在陸小狗的爸爸的厚嘴唇，已經長到了二寸半，那個大肚皮愈來愈大了，連雙人沙發也坐不下了，可是陸小狗的爸爸有「旗」，他定造了一隻四人沙發，坐在那裡，嗚嗚嗚的笑嘻嘻。

陸小狗的爸爸實在太幸福了，實在太富了，連他的衣櫥裡也放滿了「旗」，連他的床底下也放滿了「旗」，陸小狗的爸爸可以一動也不動，可以賺很多很多的「旗」。陸小狗的爸爸的家裡，用了很多很多的傭人，替陸小狗的爸爸穿衣服，拿茶水，燒飯擦地板。後來陸小狗的爸爸實在太胖了，胖得不能再動了，就索性叫傭人餵飯給他吃，沖奶粉給他喝。後來陸小狗的爸爸實在太快活了，就對他的傭人說：

「嗚嗚，從今天起嗚，連拉尿我也不高興了，從今天起嗚，你們就代我拉尿吧，嗚嗚！」

嗚嗚，後來陸小狗的爸爸實在太胖了，太快活了，有一天，他索性對他的傭人說：

「嗚嗚，從今天起嗚，我連說話也懶得說了，你們就代我說話吧，嗚嗚！」

陸小狗的爸爸從此就快樂得不說話了，一切的事情都由傭人們去代辦，傭人們只要看他臉上的表情，就知道他需要吃什麼，需要拉尿，或者需要代他痛痛快快的喊出一萬六千七百五十次的「嗚嗚」！

四

但是有一天，陸小狗的爸爸突然不高興笑了，連那臉上的表情也不高興表了。這叫傭人們都弄得手忙腳亂：這到底是為了什麼呢？

一個傭人說，這是因為陸小狗的爸爸實在太快活了，快活得懶惰起來了，所以不高興在臉上多表情。

另一個傭人說，這是因為陸小狗的爸爸實在太滿意傭人們的服侍，所以一切都用不到操心，不必用表情告訴我們，他的意思是：「嗚嗚，隨便你們怎麼辦吧！」

所以這時候，傭人們更快樂了，他們可以加倍地討好陸小狗的爸爸。平時給陸小狗的爸爸吃十碗飯的傭人，現在給他吃三十碗，平時唱一萬六千七百五十次「嗚嗚」的傭人，現在唱了九萬七千九百九十九次的「嗚嗚」！

反正陸小狗的爸爸不會再有表情了，他聽得討厭的時候只能再聽，再聽；他吃得太飽的時候，也沒有辦法可以拒絕，只能再吃，再吃！

陸小狗的爸爸多麼幸福啊，嗚嗚！

五

嗚嗚！可是有一天，突然，陸小狗的爸爸索性連眼睛也不高興睜開來了，而且連氣也不高興再喘了！

這到底是為了什麼呢？是陸小狗的爸爸死了呢，還是因為他實在太滿意了，連一切的事情都懶得做了？

傭人們都弄得沒有辦法了：穿衣服的傭人只得把他身上的衣服剝下，再穿上，剩下，再穿上，連續不斷的做。管吃飯的傭人只得把一碗碗噴香的大米飯往他的嘴巴裡塞，塞，也來不及計算他到底吃了一百碗飯呢還是一千碗飯。那個管拉尿的傭人只得索性把他的褲子拉下，把他的兩腳分開，讓他噴水一般的拉尿，也來不及管他拉出來的是糞還是飯粒。而那專門唱「嗚嗚」的傭人，現在連喝一口茶的機會也沒有，像一隻唱破了喉嚨的烏鴉似的，索性連續不斷的唱：「嗚嗚！嗚嗚！……」

後來還是那個管吃飯的女傭人最先發覺了：她發覺了陸小狗的爸爸已經死了，因為他的嘴巴已經像水門汀一樣的冰冷和堅硬，那香噴噴的大米飯再也含不進去了。

「嗚嗚！」唱嗚嗚的傭人唱了最後一個嗚嗚！

嗚嗚！一個世界上最有「旗」的大富翁，就這樣幸福地死去了！嗚嗚！

——原刊一九四六年四月一日

上海《少年世界》半月刊創刊號

我做了大總統

小三子走路的時候挺神氣：兩條老鼻涕掛在他的厚嘴唇上，一搖一擺的。要是誰用手在小三子的頭上拍了拍，小三子光起火來，就不客氣地用手把鼻涕一撈，然後側轉頭，「托」的一聲，那一大把老鼻涕就丟在別人的身上。小三子的法寶真是偉大呀，有誰還會欺侮小三子的麼？

可是明天偏偏是年初一，是正正式式的新年了，「新年裡是不作興拖鼻涕的。」我們的老師這麼說。可是小三子的鼻涕呢？小三子的鼻涕會不會躲在鼻窩裡，向小三子請一天假呢？

我說不會「請」。

香瓜頭卻說一定會「請」。李狗子也說，小三子的鼻涕會得「請」，至少是一天。陸雄這小老鬼頂道地，他說，即使小三子的鼻涕不肯請假，小三子的媽媽一定要把它放一天假的。

「那末打賭吧，」香瓜頭搖搖他長圓的小腦袋，拉長了嘴巴說，「誰猜中了，誰做大總統！」

第二天，我們大群的孩子都在東白場上玩，小三子出來了，兩條老鼻涕照樣掛在他的厚嘴唇上，一搖一擺的。

於是我做起大總統來了。

我記來很清楚：我做了大總統以後，我就坐在那個高高的草堆上。大總統是不作興隨便說話的，大總統是不作興爬到地上去跟小朋友們一起玩，放爆竹和吃糖果，大總統是不作興隨便看來看去，大總統是不作興把身子隨便地移動，大總統是不作興……………

啊呀，做一個大總統是多麼難呀！

我看見香瓜頭在地上打老虎跳，小老鬼陸雄在放小蜻蜓，李狗子和小三子在滾銅板，叮呤呤，滾來滾去的，多好玩呀，只有我這個倒楣的大總統像一個呆子，一動不動地坐著。坐呀坐的我就睡著了。睡了一覺，給香瓜頭他們的鬧聲吵醒了。我一覺醒來，我想跳到地上去玩，可是他們都說：「啊喲，大總統怎麼可以到地上來呢？多害羞呀！」

「可是我不要做大總統，我不高興做。」我哭喪著臉說。「假使你們還要叫我做大總統，我就索性哭起來了。」

「可是我們也不高興做。」他們都搶著說。

「可是我偏偏要讓你們來做。」

「可是我們偏偏不要做。」

「可是我也偏偏不要再做了。」

「可是大總統偏偏總是大總統，不作興做老百姓。」

「可是我偏偏，我偏偏…………」我實在說不上話了，我便哇的一聲，哇哇地大哭起來了。

在現在這個世界上，還有誰，為了人家請他做大總統而哇哇大哭的麼？如果有，那我想，只有我小時候新年裡的一段回憶了。

——原刊一九四七年一月二日

上海《小朋友》第八二一期

百合花

太陽神阿波羅和一個少年夏金托斯是好朋友。當出去遊玩的時候，無論是捕魚或打獵，總是在一起，從沒有一次分離。

有一天，阿波羅說：

「夏金托斯，今天我們到原野裡去拋鐵環，好不好？」

夏金托斯聽了非常高興，就說：

「唔，好啊，而且今天是好天氣，我去拿鐵環來吧。」

說罷，夏金托斯帶了鐵環，和阿波羅一同走出去了。

春天的原野像鋪了一塊綠絨的地毯。紅色、黃色、白色和紫色的美麗的花朵，在這綠絨的地毯上描畫了美麗的圖案。天空是那麼的晴朗，遠遠的地方，像夢幻一般的浮動著幾片白雲。雲雀唱著快樂的歌，在天空裡高高地飛舞著。

一走到原野，夏金托斯便快樂得飛跑起來。阿波羅眼見了夏金托斯那種孩子氣的樣子，臉上就不覺浮起了微笑。

當兩個人走到原野裡的時候，就說：「啊，拋鐵環吧！」

於是阿波羅先把鐵環輕輕地一拋。鐵環咕嚕咕嚕地飛動，在藍色的天空裡飛了一個圓圈。夏金托斯眼看到鐵環的飛動，就說：「多麼好看呀！」

但這次只輕輕的拋擲。阿波羅說：

「現在，我要用氣力來拋了，夏金托斯，你看好！」

說著，阿波羅用足氣力把鐵環一拋。因為阿波羅的氣力很大，鐵環給用力拋出去，飄呀飄的，竟飄得幾乎跟浮動的白雲一樣的高了。而且鐵環還是沒有停止，它繼續不斷地遠遠地飛出去。

「真奇怪呀，」夏金托斯想，「這一次，讓我來拋吧。」

於是夏金托斯跟著鐵環的方向跑過去，他想拾起那個鐵環。可是他跑呀跑的，鐵環落下來了，卻恰巧就落在他的頭上。夏金托斯立刻給打得頭破血淋，躺在地上死了。阿波羅大吃一驚，他跑過來，把死了的夏金托斯抱在懷裡，一面用手按住他的傷口。可是夏金托斯頭部的血不斷地流出，夏金托斯再也不能活過來了。

阿波羅便到花園裡去摘了不少的百合花，鋪在地上，把死了的夏金托斯的頭放在百合花上。阿波羅便非常悲痛地說：

「夏金托斯，你是真的死了麼？……這樣年青的你，已經死去，都是我的不好。我願意和你一起死去，可是事實上又不可能。但從此以後，你在我的記憶裡，你在我的歌聲裡一同地生成。我的豎琴會悲慘地彈奏出你的故事，我要唱出你的命運的歌曲。你將會變成這樣的花——這雕刻著我的悲哀的百合花啊！」

正當阿波羅悲哀地說著的時候，那夏金托斯從頭上流出來的血，竟染紅了他睡著的四周的綠草。這是一種十分美麗的顏色。而且不一會，竟長起一種美麗的顏色的花朵來了。這些都是很像百合的花。百合雖然白得像銀子一般，然而百合花卻呈現了紫色。阿波羅眼看到這些花朵，也就更加悲痛，就在這些花瓣上寫了「ACAC」的字樣。這在希臘文裡的意義，就是「悲哀，悲哀！」這些文字和意義，至今我們在這美麗的花瓣上可以看到。

而這花朵的名字，就採用夏金托斯的名字（希臘語稱百合花為「夏欣斯」）。每當春天來時，好像訴說著悲哀的命運一般地，百合花便開放出美麗的花朵來了。

——原刊一九四七年七月一日
上海《兒童故事》月刊第一卷第八期

狐狸媽媽辦學校

狐狸媽媽打著算盤，對她的會計員袋鼠先生說：

「本學期收費八十五萬元。」

會計員袋鼠先生用鼻子「唔」了一聲，用一隻右手抹了抹胡髭，閉了閉眼睛，然後從袋子裡摸出了一枝鉛筆和一本拍紙簿，把校長先生狐狸媽媽的話，記下來，然後問狐狸媽媽：

「這八十五萬元，不過是人類班學生的學費。請問螞蟻班，和狼狗班的學生，他們要繳多少學費呀？」

「不錯。」狐狸媽媽點了點頭，搖了搖尾巴。狐狸媽媽像一個哲學家似的，在肚子裡盤算了好一會，她想：她總共只有這三班學生，她要靠這筆學費來維持三個教員，一個會計員，一個校工，和她自己一家人的半年的吃用，——半年，半年有六個月，六個月足足就有一百八十多天，而一百八十多天，就要有四千三百多個鐘點，如果把鐘點再化做分，那不是要兩萬多分鐘嗎？試問：這一大堆算也算不清的時間，怎麼過得去呢？而且她又想到自己家裡的房子太壞，需要修理；大女兒也要出嫁了，需要買點陪嫁，這些開支，要由全校的學生來負擔，每個學生到底要繳多少學費，實在太難算，太難算了啊！

但是狐狸媽媽總得開口呀，總得說出一個數目來呀！所以狐狸媽媽在搖了無數次的尾巴以後，就說了，她說：

「為了顧全家長的困難，我不能多收學生的學費。我想：狼狗班的學費，本學期每人須繳五百根肉骨頭。螞蟻班的學費，本學期每人繳五百粒米吧。」

「唔唔，唔唔。」會計員袋鼠先生連連地點著頭，在那本拍紙簿上連連寫下了鉛筆字。寫了一陣，他突然想到自己家裡的太太正在生病，八個孩子年紀都還小，都只會吃糖，不會賺錢，一家十口，都要由他一個人來負擔，僅僅靠一點薪水怎麼過活呢？他於是皺了皺眉頭，抹了抹胡髭，心裡一急，就在另一張白紙上這樣寫：

本校本學期各班學生應繳學費如後：
一　人類班　每人一八五〇〇〇元
二　狼狗班　每人肉骨頭一五〇〇根
三　螞蟻班　每人大白米一五〇〇粒

袋鼠先生的心裡想，只要每個學生多給他一塊錢，或者一根肉骨頭，或者一粒大白米，他的生活就可以過得好一些了，所以他在每個數目字的前面，加上一個「一」字。「一」字——這個數目多麼小呀，多麼不值得人家去注意呀！所以當他寫好以後，當狐狸媽媽看見每個數目字的前面多了一個「一」字的時候，狐狸媽媽的心裡就一樂，笑嘻嘻的想：這位會計先生實在太老實了，他不會揩油，眼界很小，僅僅加一個「一」字，這數目實在小得可憐了。

狐狸媽媽想呀想的，想到這位愚笨的會計先生的可笑，就禁不住「哺吐」一聲，呵呵呵的大笑起來了。但是一個校長先生，在小職員的面前，是不作興這樣的隨便的，她要擺出校長的尊嚴，所以立刻又停止了笑，搖了搖尾巴，大聲的吩咐：

「貼出去，快快叫校工貼在校門口！」

說著，狐狸媽媽很高興地走出了辦公室，離開——學校，回到她自己的家裡去了。

但是當這張繳費布告拿在校工小黑熊手裡的時候，小黑熊的心裡想：「我做了一輩子的校工，也就窮了一輩子。現在，趁校長先生不在，何不向會計先生懇求，懇求請他發發慈悲，多加一個數目字，在將來收費的時候多扣給我一些『外快』，這不是很好的麼？」於是他在會計先生的面前，跪下來了，一面用哀憐的聲音，帶哭地說：

「做做好事吧，會計先生，請您在收費項裡多加一個數目字，算是我的『外快』。我實在太窮了，家裡的孩子老是餓著肚皮！」

會計先生真是一個老好人，他眼見小黑熊這樣的可憐，就也幾乎掉下眼淚來了。「唔，唔，」他說，「我替你加吧，加吧。」他把布告紙從小黑熊的手裡接回來。

但是會計先生想來又想去，總想不出加一個什麼字。他想：我自己也只加了一個「一」字，如果加多了，不是要挨校長先生的罵？——他把這個意思告訴了小黑熊。

「那麼，」小黑熊幾乎要哭出來了，他哆嗦著嘴，說道：「就加一個比『一』還小的數目字吧。」

「比『一』還小的數目字，只有零！」

「那麼就加一個零字吧。」

「但是零字就等於沒有！」

「但是加了總比沒有加的好。——請會計先生開開恩吧。」

於是會計先生就「唔」了一聲，就很老實地拿起了筆，很小心地，在每行最後，都加上一個「〇」字。

所以貼在校門上那張布告，到了最後，這樣寫著：

本校本學期各班學生應繳學費如後：

一　人類班　每人一八五〇〇〇〇元

二　狼狗班　每人肉骨頭一五〇〇〇根

三　螞蟻班　每人大白米一五〇〇〇粒

這張布告貼出以後，所有的學生家長看見了，都嚇得幾乎走不動路。人類班學生的家長，心裡想：「我自己每月的薪水，不過是一百五十萬元，可是孩子的一學期學費，卻要一千八百五十萬，剛剛是我一年的薪水，這怎麼成呢？」所以家長都對孩子們說：「還是呆在家裡吧，這樣高的學費，實在負擔不起！」狼狗班學生的家長，看見一學期的學費要繳一萬五千根肉骨頭，嚇得只有托長了舌尖，連舐也不敢舐一舐了。哆嗦著嘴巴，對自己的孩子說：「呆在家裡吧，我如果有一萬五千根肉骨頭，我們全家的人盡可以吃兩年呢！」而尤其是螞蟻班學生的家長，他們最初看見了以後，覺得也許是自己眼花，看錯了字，但是看來看去，甚至爬到布告上去走了一趟，還是一萬五千粒大白米，於是螞蟻班學生的家長，有的氣昏了頭，躺在地上，有的跳腳拍手的說：「這簡直在放屁：我一生一世也沒有看見個一萬五千粒大白米！一萬五千粒大白米——足足可以供我們全家人一生一世的吃用呢！」

所有狐狸媽媽的學校裡的學生，都不再上學了。

只有一個造假鈔票的土匪的兒子，帶了一千八百五十萬元的鈔票，到學校裡來繳費。

會計員袋鼠先生拿到了這一大堆的鈔票以後，快活得幾乎發狂。但是用算盤來一打，他卻應該把一千八百四十九萬九千九百九十九元交給校長先生，自己只能拿到一塊錢，所以在拿到了一塊錢以後，肚裡很氣，就向校長先生辭職了。

辭職了以後的會計先生，走到了校門口，碰見校工小黑熊，小黑熊就問：

「會計先生，聽說有一個學生來繳學費。」

「唔。」會計先生點了點頭。

「聽說您先生也拿到了錢？」

「唔，一塊錢。」

「那麼，請問，我小黑熊應當拿幾塊錢呢？」

「那自然是零塊錢囉。」

「零塊錢是多少錢呀？」

「零塊錢就是沒有錢。」

「沒有錢可以拿到多少錢呀？」

「沒有錢就是一塊錢也沒有！」

「一塊錢也沒有？唔？」小黑熊憤怒得跳起來，「難道我加了一個零，就等於白加？」

小熊氣憤得脹紅了臉，但這時候，會計員袋鼠先生，卻一溜煙地逃走了。

小黑熊走到校長先生狐狸媽媽的面前，要些「外快」，可是狐狸媽媽大聲地吆喝：

「你要『外快』？哼！就請你滾蛋！」

小黑熊就是這樣被趕出來了。

狐狸媽媽心裡想：現在反正只有一個有錢的學生，三個教員也盡可以來侍候一個學生了。於是她吩咐史地教員大鴨子兼校工，算術教員山羊爸爸兼會計，國文教員駱駝先生兼跑街，每天接送著這位有錢的小學生。

而校長先生她自己，卻拿了這一大堆鈔票，躲在家裡，老是不到學校裡來。

當學校的大門給許多頑皮的螞蟻咬穿大洞的時候，校長先生還是躲在家裡，雇了不少的工人修理住家，不願拿出錢來修理學校。當教室裡的柱子歪斜，牆壁傾倒，快要整個坍掉的時候，校長先生也還是躲在家裡，準備著他女兒出嫁時的陪嫁，常常坐了汽車，到公司裡去，採辦各種出嫁女兒時需要用的東西。狐狸媽媽有的是錢，哪裡還會顧到學校呢？

但是突然，有一天，兩個員警押著狐狸媽媽走到學校裡來。員警守在校門口，狐狸媽媽急急忙忙地跑到學校裡來了。她滿頭是汗，脹紅了臉，好像發生了一件天大的禍患似的。狐狸媽媽跑到了學校裡，就問史地教員兼校工的大鴨子：

「那『有錢』的學生，在學校裡麼？」

「咖！咖！」餓得面孔灰白了的史地教員兼校工大鴨子，點了點頭，陪著校長狐狸媽媽一同走到教室裡去。

教室裡僅有的一隻舊椅子上，坐著那個有錢的學生。國文教員兼跑街的駱駝先生，手裡拿了一把破扇子，替那學生打著扇。算術教員兼會計員的山羊爸爸，正在講解「零」字比「一」字來得小。他每說一句話，便向那有錢的學生，恭恭敬敬地鞠了一個躬。

正在這時候，狐狸媽媽走進來了。

她第一句話，就說：

「你們三位先生，都出去！」

於是山羊爸爸，駱駝先生和大鴨子，都抖索著腳，輕輕地退出了教室，走到草場上去。

狐狸媽媽看看四面沒有一個人，便很快地走到那個有錢的學生旁邊，一把抓住了他的衣領，大聲地怒吼：

「你——你繳的學費，都是假鈔票！你，你害人！你——」

狐狸媽媽的聲音喊得那麼響，尾巴不住地搖，把整個屋子都震搖了。那破爛的屋子，把身體搖了三搖，便像一根被吹折的老樹，只聽得「嘩啦」一聲，倒下來了。狐狸媽媽和那「有錢」的學生，都被壓死在亂磚和瓦礫堆裡。

於是，一個奇怪而可笑的學校，就在我們的世界上倒坍了，永遠不會再有了！

——原刊一九四八年上海《童話連叢》第一期，

選自《一九四八年兒童文學創作選集》，中華書局一九四八年出版

小貓釣魚

小貓跟著媽媽到河邊去釣魚。

這是一個初夏的早晨。火紅的太陽把萬道金光撒遍了大地。微風吹拂著五顏六色的花朵，讓她們像跳舞一般地搖擺著。小鳥在樹上歌唱，蜜蜂在嗡嗡盤旋。一路上，小貓跳跳蹦蹦，歡樂地和他的小朋友們打招呼。

「你早，小青蛙。這天氣多好哇，跟我到河邊去釣魚吧，河邊可好玩呀。」

「你早，小貓貓。我要跟媽媽去消滅害蟲呢，沒空去。祝你釣上一條大白魚，再見！」小青蛙蹦呀蹦地跳走了。

「你早，小松鼠。這天氣多好哇，跟我到河邊去釣魚吧，河邊可好玩呀。」

「謝謝你，小貓貓。我要跟爺爺去收集松果，沒空去。祝你釣到一條大白魚。再見！」小松鼠一溜煙似的竄走了。

「你早，小啄木鳥。這天氣多好哇，跟我到河邊去釣魚吧，河邊可好玩呀。」

「不行啊，小貓貓。這麼多的病樹正等著我去治呢，沒有空，你自己去吧。

祝你釣上一條大白魚。再見！」小啄木鳥爬在樹幹上，咯咯咯地又開始工作了。

走到河邊，小貓一看，咦，這兒多好呀：清清的河水在微微蕩漾，綠茵茵的草地上，像星星一樣地開放著鮮花，東一群，西一夥，陣陣的花香衝著鼻子。鳥兒們在空中飛舞，唱著悅耳的歌曲。小貓聽著看著，要不是媽媽催他，可真忘了釣魚呢。

媽媽扣好魚餌，甩開魚竿，開始釣魚了。小貓學著媽媽的樣，坐在離開媽媽很遠的一堆河岸草叢中，甩開魚竿也開始釣魚了。河裡的魚兒吃掉媽媽扣在魚鉤上的魚餌，只見媽媽又扣上了魚餌。呀，這時的小貓，才想起自己的魚鉤上沒有扣魚餌。他忙不迭收回魚鉤，扣上魚餌，學著媽媽的樣子，看著浮在水面上的魚標。可是，不知怎的，看著看著，小貓的屁股像被針刺一樣，總是不聽話，扭來扭去地擺動。隨著屁股的擺動，他手提的魚竿也往上翹了，翹了，魚鉤翹到半空，他也不知道。

「小貓貓，你在天空裡釣魚嗎？」

媽媽的叫喊把小貓驚醒了，他睜大眼睛一看，可不是，魚鉤掛在半空裡，這怎麼能釣上魚呢？他趕緊把魚鉤沉到水裡，回答媽媽：

「媽，我在看魚餌是不是給魚兒吃了呢。」

媽媽笑了笑，回過頭去，看著浮標。小貓也學媽媽的樣，眼睛盯著浮標。可是看著看著，小貓的眼皮慢慢變重，垂下來了。小貓的頭也像老母雞吃穀子一樣點著。隨著不聽使喚的腦袋往下沉，魚竿也沉在水裡，攪著水，他也不知道。

「小貓貓，你在水裡趕魚嗎？」

媽媽的叫喊把小貓驚醒了，他睜眼一看，可不是，魚竿的一頭浸在水裡，顛來倒去，把魚兒都趕跑了，還能釣上魚嗎？他趕緊把魚竿從水裡提起來，回答媽媽：「媽，我把魚兒趕給你，讓你釣呢。」

媽媽笑了笑，回過頭去，看著浮標。小貓也學著媽媽的樣，眼睛盯著浮標。不一會小貓心裡想：「老這樣盯著，不叫人憋死嗎！」河灘邊上正好長著一棵小松樹。小貓把魚竿的一頭插在小松樹的枝椏裡，固定好位置，讓小松樹代他釣魚。這時候，一隻蜻蜓飛來了，一會兒在小貓的鼻子底下打轉轉，一會兒停在魚竿上翹尾巴。蜻蜓穿著大紅袍，在金色的陽光裡，看來一閃一閃的，多美呀！蜻蜓展開翅膀，又在小貓的眼前飛舞。小貓踮起腳，用兩個前爪撲打，撲了空。跳起來撲打，又撲了空。「一定要把你逮住！」小貓下了決心。可是蜻蜓像有意逗他似的，總是繞著圈子，在他的眼前停停又飛飛。小貓一面追，一面打，直跑到柳樹林邊，摔了一跤，這才想起他是來釣魚的，急忙趕回去。

小貓回到河邊，一看，媽媽已經釣到一條大魚。可是自己的魚竿還是老樣子，平平地躺著。小貓學著媽媽的樣，眼睛盯著浮標。一會兒，一隻彩色的花蝴蝶飛來了。呵，她比蜻蜓更美麗：一對繡了彩花的翅膀，照射在金色的陽光裡，好像是兩片水晶薄膜，透亮透亮，小貓呆了。「一定要把你逮住！」小貓下了決心。蝴蝶在水面上飛舞，一會兒點水，一會兒翻跟斗，最後躲在小貓的帽沿上。小貓拉下帽子，向蝴蝶撲去，撲了個空。再撲，又撲了個空。蝴蝶一直把小貓引到一條水溝邊，躲在一株水草的葉子上。小貓躡手躡腳地走過去，兩手緊握著帽子，輕輕舉起，猛力一撲。水溝裡的爛泥漿濺了一身，帽子也陷在爛泥裡了，可是小貓顧不得這些，一心想的是花蝴蝶被他逮住了。他多高興呀！他輕輕地，一點一點地，拉開帽沿看，沒有；提起帽子看，沒有；把帽子翻了個個兒，也沒有看見蝴蝶的影子。抬頭一看，卻只見那隻花蝴蝶正站在水溝對岸的水草葉子上，擺動著水晶般的翅膀，一閃一閃好像有意在挑逗他似的。可是水溝很寬，過不去。

小貓戴上了濕漉漉的帽子，滿身泥漿，耷拉著腦袋，回到小河邊。一看媽媽又釣了一條大魚。而自己的魚竿呢，已經掉在河面的水草上，差點兒沒被河水漂走。小貓一面收拾魚竿，重新扣上魚餌，一面嘀咕著：

「真氣人！我怎麼一條魚也釣不著！」

媽媽回過頭來，很嚴肅地說：

「釣魚就釣魚，不要三心二意。再說，好孩子是不哄人的，聽大人的話，一心一意把魚釣好。」

小貓紅著臉，覺得自己做錯了。一想到小青蛙、小松鼠、小啄木鳥他們都希望自己釣上一條大魚，可現在呢——覺得一陣難受，差點兒沒掉下眼淚。他撇了撇嘴，咬了咬牙，下定決心，再不說謊，聽媽媽的話，手握魚竿，牢牢地盯著浮標。一會兒，那隻穿著大紅袍的蜻蜓又飛來了，躲在小貓的魚竿上，一條長長的尾巴翹呀翹的，好像在說：「你瞧，我在這兒 ！」那副驕傲的樣子，惹得小貓直冒火，恨不得一下把他抓住。可是小貓想起媽媽的話，不能三心二意。他眨了眨眼，理也不理，直盯著浮標。一會兒，那隻彩色的花蝴蝶又飛來了，在小貓的鼻子底下盡繞圈圈，好像在說：「你瞧，我在這兒 ！」那副驕傲的樣子，真叫小貓憋不住氣，恨不得一下把她逮住。可是小貓想起媽媽的話，不能三心二意。他搖了搖頭，眨了眨眼，只當沒有看見似的，直盯著浮標。

不大一會兒工夫，水裡的浮標往下沉了，沉了。牢牢地盯著浮標的小貓，知道魚上鉤了，就緊握魚竿，用力往上一提：哈，一條銀色的大白魚，給提到小貓背後的草坪上來了！小貓終於釣上了魚，多高興啊！

在回家路上，小貓跟著媽媽，背著自己釣到的大魚，一蹦一跳地，高興得直嚷嚷：

小貓貓，真快樂，
釣上魚兒回家了。
好孩子，聽媽話，
不撒謊來不作假。
天不怕，地不怕，
三心二意最可怕。
來吧來吧小青蛙，
幫我把魚抬回家。

來吧來吧小松鼠，
咱們把魚來煮熟。
來吧來吧啄木鳥，
大家來吃魚兒肉。
……

——原刊一九八一年六月西寧《雪蓮》第二期

猩猩公的故事

這一個奇怪的故事，使你笑破了肚子，但是笑過以後，你會覺得這不是一個單純的笑料。猩猩公的糊塗，猩猩公的自私，是他自討苦吃的原因。

在一萬萬萬年以前，中國有一個大富翁，他的名字叫猩猩公。猩猩公全身長著毛，有鼻子有眼睛，有手也有腳，就是多了一條尾巴。這位猩猩公是一個懶惰蟲，也是一個糊塗蛋，在這猩猩谷裡的人，沒有一個不知道他，也沒有一個不見了他害怕。

猩猩公到底懶惰到怎樣的地步呢？譬如說吧，猩猩公喜歡抽香煙，一口一口慢慢地抽，抽到後來，只剩下一個香煙屁股，可是他也懶得去丟掉它，還是夾在他的手指裡。等到香煙屁股燒到了他的手指上，手指上的毛燒焦了，手指上的皮燒爛了，猩猩公也懶得喊一聲「啊唷，痛呀！」後來手臂上的毛著了火，煙沖到他的鼻子裡。他才「阿阿阿——嚏！」的一聲，知道自己的身上的確失火了，才大聲地叫。

「救火！救火！」

於是屋子裡的一百零八個男女傭人，那些小猩猩和小猴子們，急急忙忙地打了一桶一桶的水，向他的身上澆去。猩猩公滿身都是水漬，火雖然滅了，可是猩猩公的香煙屁股還是夾在他的手指裡，還是懶得丟到地上去。

有人問猩猩公：「猩猩公老爺，您的香煙屁股可以丟掉了吧？」

「噢，我手裡還有香煙屁股麼？」

猩猩公這才想起自己的手裡還有香煙屁股，這才舉起了手，看了看，懶懶地丟到地上去。

但是猩猩公不怕燒掉身上的毛，猩猩公有錢，猩猩公家裡有三十七個醫生專門管理「生毛」的醫藥，所以不到第二天，猩猩公的身上又長出毛了，猩猩公又可以抽香煙了，猩猩公又可以失火了。

猩猩公抽香煙燒掉自己的毛，那還不關人家的事；最最討厭的，是猩猩公的糊塗常常害了人。譬如昨天的事情吧，一個猩猩公的佃戶來還租米，走到猩猩公的面前，向猩猩公說：

「猩猩公老爺，今年田稻不好，請您老爺多打一個成色吧。」

「噢噢，你來還租米，很好，很好。——啊？什麼？你要多打『一個』成色？噢，很好，很好。本來打八成，現在就打九成吧。噢噢，這就是說，一石米本來可以還八斗，現在可以還九斗。噢，你懂麼，你懂得了麼？噢噢，噢噢。」

聽到了這樣的話，猩猩公的佃戶有些著急了，就趕忙插嘴說：

「老爺，老爺，我不是這個意思，我是說，請老爺開開恩，『多』打一個成色。」

「是啊，是啊，唔唔，很好，很好，你要再『多』打一個成色麼？噢噢，那更好，那更好。現在就收你十成吧。十成，就是一石米還十斗。你懂麼？一石米還十斗，一點不作興拖欠，一點也不作興拖欠，一點點，一點點也不作興……」

「啊呀，您老爺是聽錯了，您老爺，嗯嗯嗯嗯嗯……」那個佃戶說不出話，大聲地哭起來了。

佃戶一哭，猩猩公更弄得糊塗。他的心裡想：莫非是少加了他成色麼？所以他立刻懶懶地抬起頭，很不耐煩地說：「噢噢，我弄錯了，弄錯了。唔，弄錯有什麼稀奇，又值得你哭麼？」他懶懶地吸了口香煙，抹了抹嘴，「現在這樣吧，你快些回去，你的租米，我特別優待，一石米還十一斗，我再『多』加你一成吧，我是看你可憐，噢噢，我是……」

「嗯嗯嗯嗯——！」佃戶聽著他的話，越聽越可怕了，越聽越聽不下去了，就索性跌倒在地上，嚎啕地大哭起來。

猩猩公看見佃戶這樣悲傷，也就更糊塗，更著急。他想：莫非他是說「多加一石麼？於是就破例地丟掉香煙屁股，懶懶地站起來，打了一個呵欠，懶懶地說：

「別哭啦，噢噢，別哭啦，你老爺現在想明白了，你老爺現在特准你一石米還二十斗。唔，二十斗。你懂麼？唔，聽見了麼？」

猩猩公這樣地說著，就命令那個書記官記下來，然後他不顧佃戶的哭叫，一個人坐到沙發椅子裡，「呼嚕呼嚕」地睡熟了。

這個糊塗蛋的猩猩公，多麼的害人啊！

但是這樣害人的猩猩公，怎麼會有這麼多的錢，這樣大的權力呢？

原來猩猩公的爸爸老猩猩公，是一個氣力很大，非常強壯，而且能夠刻苦勞動的人。猩猩公的祖父老老猩猩公，也是一樣。祖父的父親老老老猩猩公，也是一樣。祖父的祖父老老老老猩猩公，也是一樣。他們都是刻苦耐勞勤儉工作的人，因此他們賺了不少的錢，一代一代的積起來，傳到了猩猩公，就變做一個很大很大的富翁了。現在猩猩公的家裡有租田一百九十七萬七千六百八十四畝，他雇用了三千個帳房先生，替他收租米。又因為猩猩公有了錢，害怕土匪到他家裡來搶，就索性把猩猩谷裡的土匪都請過來，作為他的「軍隊」，來保護他。所以猩猩公的命令，在這猩猩谷裡的人，沒有一個敢不服從的，因為猩猩谷裡的人，都已經是猩猩公的佃戶了。這些佃戶們，害怕猩猩公的「軍隊」。猩猩公的「軍隊」常常要到佃戶們的家裡來，搶奪他們的錢，殘殺無辜的老百姓。

譬如現在，一個猩猩公的佃戶老黑猴，拄著拐杖，拖著長長的白鬍鬚，駝腰曲背地走到猩猩公的面前，向猩猩公說：

「猩猩公老爺，昨天老爺的軍隊，跑到我的家裡來，把我們家裡的飯統統吃光了，把我們箱子裡的錢統統拿去了。老爺，請您救救我們窮人，把這些白米和金錢還給我們吧。」

「噢噢！」猩猩公聽著聽著，點了點頭。「噢噢，你家裡給土匪搶掉東西麼，噢噢，很好，很好。唔，我想出一個辦法，一個好辦法，我想，你還是把全家的東西，統統都送給我吧，送給我。我猩猩公不怕土匪，不怕一切的土匪，因為一切的土匪都是我的老朋友，都是我猩猩公的軍隊，你懂麼？你懂得了麼？」

老黑猴聽了他的話，想了想，然後恭恭敬敬地問：

「送東西，老爺，那自然可以。不過，老爺，我把家裡的全部東西送給了您，叫我老黑猴怎麼過日子呢？」

「過日子麼，唔，唉，你可以種田呀！」

「可是我什麼東西也沒有，叫我怎樣去種田呢？」

「噢噢——唔？你不會種田？你不能還我的租米？噢噢，那很好，很好，你就索性給我肉吃吧。唔唔，喂！來人！」

猩猩公呼喚了一聲，於是就有七個拿著長刀的猩猩走進來——這些就是他的「軍隊」的長官。

「軍隊」的長官站在猩猩公的面前，鞠了一個躬。猩猩公用手向老黑猴一指，老黑猴就被猩猩公的「軍隊」的長官綁起來，推出去，砍掉了頭，燒熟了肉，放在雪白的碗裡，拿給猩猩公吃。

猩猩公老是要吃人家的肉。這個猩猩谷裡的人，給猩猩公吃掉的，不知有多少人，連數也數不清的了。

猩猩公一個人吃得很肥，但整個猩猩谷裡的人，卻都變成了瘦子。有些人害怕猩猩公會吃掉他的肉，就帶著孩子和老婆逃走了。有些人反對猩猩公吃人肉，便都聯合了起來，想和猩猩公對打，但是給猩猩公的「軍隊」捉住了，殺掉了，燒熟了吃。

因此人們索性去做了土匪。做了土匪以後，猩猩公就給他飯吃，給他房子住，把他編到自己的「軍隊」裡。到了後來，所有猩猩谷裡的人，逃的逃了，死的死了，再也沒有一個種田的佃戶，全部都是土匪了，全部都是猩猩公的「軍隊」了。

猩猩公的權力是多麼大呀，多麼威風呀！

但是一年以後，猩猩公的積穀倉裡的白米，統統都吃光了，連猩猩公自己也沒有飯吃了。猩猩公就對他的帳房先生說：

「佃戶們呢？佃戶？」

「佃戶們統統逃光了。」他的三千個帳房先生向他鞠了一個躬。

「那麼，去搬這些佃戶們家裡的白米吧！」

「白米麼？」三千個帳房搔了搔頭皮，同樣地回答，「那些白米，在一年以前早已給土匪搶光了。」

「土匪？——這樣可惡的土匪？唔，很好，很好。噢噢，我想到了，你們去抓幾個土匪燒來吃吧。」

「可是老爺，土匪都是老爺的軍隊呀！」

「都是我的軍隊？噢噢，很好，很好。那麼就抓我的軍隊燒來吃吧。唔，立刻去抓，我命令立刻去抓！」

於是三千個帳房先生，都偷偷地走到外面來，趁那些原來是土匪的「兵士」躺在地上睡覺的時候，用刀子一個一個砍下了頭，拖到廚房裡去燒來吃。

起先，猩猩公和猩猩公的帳房先生們，吃得都很樂意。但後來，當猩猩公的「兵士」知道同伴們都被燒來吃，紅燒或白燒的香氣，飄到他們鼻子裡的時候，他們都憤怒得跳起來，都說：

「我們的肉是我們的，我們反對猩猩公來吃我們的肉！」

有的說：「打倒猩猩公！」有的索性說：「我們要吃猩猩公的肉！我們要吃所有帳房先生的肉！」

帳房先生們聽到這樣的口號以後，心裡發了抖。但發抖又有什麼用呢？他們想了老半老半天，終於決定了：他們大家都拿了雪亮的刀，來保護猩猩公，也來保護他們自己。

但是猩猩公的屋子裡只有香煙，沒有白米。猩猩公和他的帳房先生們，餓得幾乎要倒下來了。

沒有辦法，猩猩公只得亂抽香煙。

沒有辦法，帳房先生餓得坐在地板上、草地上。

當猩猩公的「軍隊」開始向猩猩公總攻的時候，猩猩公的帳房先生們沒有氣力抵抗，一個一個給他們牽去，像一隻隻的綿羊，給他們宰了，燒來吃了。

當猩猩公的「軍隊」攻到猩猩公的大廳的時候，猩猩公自己嚇昏了頭，拼命地抽香煙，拼命地搖著腦袋。

猩猩公的帳房先生們，全體出去打仗，猩猩公的一百零八個傭人，連那三十七個醫生，拿了聽筒和打針的針頭，都到大廳上去打仗了。

大廳裡的花瓶呀，板凳呀什麼的，只聽得「嘩啦」「嘩啦」的聲音，打得粉碎，喊殺的聲音震動了整個的屋子，震動了猩猩公的沙發，把猩猩公彈得半尺高，彈上來又彈下去，彈下去又彈上來，彈得連香煙屁股掉在自己的肚皮上——可是猩猩公還不知道。猩猩公真的嚇昏了頭。但是他心裡一急，卻想出了一個好辦法。什麼好辦法呢？猩猩公想：

「還是閉眼睛，索性睡覺吧。」

於是立刻，猩猩公「呼嚕呼嚕」地睡起覺來了。猩猩公的覺，睡得這樣熟，連外面打架的聲音都聽不見。猩猩公的覺，睡得這麼熟，連香煙屁股在自己肚皮上的毛叢裡冒了煙，他也不知道。猩猩公的覺，睡得實在太熟了，連自己身上起了火，也忘記了喊「救火」。當猩猩公被火燒熟的時候，猩猩公還是在睡覺。當燒熟了的猩猩公的肉的香氣，飄到大廳上的時候，打架的人們都大吃一驚：

「什麼地方還有燒熟了的五香肉呀？」

人們口裡的涎水滴滴答答地滴下來了。

人們來不及揩抹自己的口涎水，都像一隻獵狗，用鼻子拼命的嗅，忘記了打架，都去找五香肉來吃了，結果——他們找到了猩猩公。

這是一個燒熟了的猩猩公。雖然有些焦臭，但那到底是燒紅了的肥胖的肉呀！在肚子餓得連肚腸也快要翻身的時候，看到了這樣一大堆的紅燒肥肉，他們是多麼的快樂呀！多麼的高興呀！

於是來不及拍手叫好，所有一切的土匪或軍隊，帳房先生或娘姨阿媽，都湧上去，就像一窩蜜蜂一樣，都在啃著猩猩公身上的肉，狼吞虎嚥地嚼到肚子裡去。真的，這時候的猩猩公，一句話也不說。猩猩公睡得實在太熟了，實在太甜了啊。

選自「童話連叢」〈猩猩公的故事〉，
一九四七年十一月版

巨人的死

從前，有一個叫做馬路斯的巨人。他的嘴很大。當人們打獵的時候，把野獸辛辛苦苦地從森林裡趕出來，這巨人就站在旁邊，把逃出來的野兔和山羊，用他的大嘴巴，咕嘟一聲的吞到肚子裡去。

對於這樣一個不努力不長進的巨人，誰都覺得討厭。於是人們大家商量，用怎樣的方法去殺死他。商量的結果，有一個人說：

「我們把石頭燒紅，從山上滾下來，讓他當做一隻野獸，吞到肚子裡去吧。」

因此他們這樣地做了。當巨人馬路斯

看見從山上森林裡滾下來的石頭時，他說：

「好！野獸又來了，他們又在替我趕野獸了！」

說著，他那麼貪饞地，咕嘟的一聲，把燒紅的石頭，很快地吞到肚子裡去了。

這個偷懶的巨人就是這樣死去的。

編注：自本篇至〈神燈〉，插圖作者均為黃永玉。

猿人

　　好久好久以前，有一個最最懶惰的人。當他到旱田裡去耕種的時候，拿了鋤頭，老是懶懶的坐著或走著，把鋤頭在石塊上敲，或者把鋤頭的柄，在很粗的大樹上敲，這樣，鋤頭敲壞了，折斷了，他就可以玩了。

　　每次到旱田裡去，總是把一個新的鋤頭敲壞了。

　　有一次，他把敲壞了的鋤頭柄玩著玩著，一不小心，鋤頭柄竟插到他自己的屁股裡。這時候，鋤頭柄變得軟了，而且生出了毛。不多一會，他的身上也

長出了毛。他變成了一隻有尾巴的猿猴了，他不再是一個人了。

但是，他並不害怕，反而很快活地說：

「因為我懶惰，我不高興做人，還是做猿猴吧。做了猿猴，可以到處去遊玩，森林裡的山果很多，我可以到處採來吃。」

於是他攀住了樹枝，躲到樹上去了。後來他走到了森林裡，到森林裡去生活。最初還有人看見，但後來，據說，給一隻饑餓的老虎吃掉了。

太陽和月亮的故事

最古的時候，天上有兩個太陽和兩個月亮，因此一年是白天，一年是黑夜。當白天的一年，因為太陽實在晒得太久了，非常悶熱，人們簡直不能夠安心做事；當黑夜的一年，因為只有月亮出來，光線很暗淡，連房屋裡的東西也看不清楚。這樣的日子，對於人們的工作和健康，自然是非常不好。人們都是唉聲嘆氣地沒有辦法。

有一天，一個青年帶了一個少年，在人們的面前走過，他說：「我們要從這裡出發，一直往西邊走，走到那太陽和月亮的近旁，去用我們的弓箭射掉它！」

說著，他們向西方走去了。

他們爬過了一個山又一個山，渡過了一條河又一條河，但是離開太陽和月亮的距離還是很遠。

經過了幾十次的白天的年和黑夜的年，那青年的黑頭髮和黑鬍鬚，都變得像雪一樣的白了，腰像弓一樣的彎了。但是他想：一個勇敢的人，做事應當有頭有尾，不怕艱難困苦；要是遇到困難而害怕起來，那是一種恥辱。所以還是很勇敢地前進。可是後來，目的還沒有達到時，那青年卻衰老得死去了。

剩下的這位少年，現在也已經變了老人。在他的胸前，拖著二尺多長的鬍鬚。但終於，有一天，他走到了西方天邊的一個凹缺的地方。原來這地方，就是太陽和月亮睡眠和休息的地方。

第二天晚上，當這少年眼看到太陽和月亮回到這凹缺的地方時，少年

便舉起了他手裡帶來的弓箭，用盡了氣力，向太陽和月亮各各射了一箭，於是世界上再不會有兩個太陽和兩個月亮了。

剩下的那個太陽，從此以後，便發出適度的溫熱；剩下的那個月亮，也增強了光輝，而且放射出美麗的光。人們好像是走到了一個快樂的新世界裡來了。

烏龜的智慧

從前，有一個砍柴的孩子，因為沒有地方住宿，就想用野樹來搭造一個草棚。有一天，他在山上砍倒了一棵野樹。他把野樹的枝椏砍掉，只留下一根樹幹，把樹幹的一頭埋在泥土裡，作為他的草棚的柱子。但是過了一夜，他去看那樹幹，那樹幹已經倒在地上了。

他非常憤怒。他把樹幹好好地再埋在原來的地方。但是過了一夜，那個樹幹又倒在地上了。

「這一定是有誰跟我搗蛋，」他憤憤地說，「看罷，我會捉住了他，把他殺死！」

這一夜，他手裡拿了砍柴刀，偷偷地躲在樹幹旁邊的野草堆裡，他要殺掉那個跟他搗蛋的人。

到了半夜，沒有一個人來，可是那樹幹又倒下來了。他憤憤地跑到樹幹的旁邊，仔細一看，原來是一隻大烏龜，它有意跑到樹幹那裡，用堅硬的背脊，把樹幹撞倒了。

那孩子看見了有這樣的事情，就大聲地罵：「你這個壞蛋，你是有意跟我作對麼？」

說著，因為他實在憤怒得無法可想，就用手裡的砍柴刀砍在烏龜身上。但是烏龜的背脊是堅硬的，非但砍不死，它反而用譏諷的口吻嘲笑說：

「小先生，你的刀實在太鈍了啊！」

那孩子聽到烏龜的嘲笑，更是憤怒了，於是在乾柴上點起了火，捉住了烏龜，往火裡一扔。他想：「這一回，總可以燒爛了吧？」

但是當烏龜的堅硬的背脊，壓到乾柴上的時候，乾柴的火也給壓熄了。

這時候，烏龜倒很坦白地說：「刀砍火

燒都不怕，只怕把我丟在海水裡。」

孩子聽到了這樣的話，覺得烏龜實在太笨了，他不禁很驕傲地笑起來，隨即他恨恨地把烏龜捉在一隻簍子裡，走了三天又三夜，走到海灘的邊岸上，才把烏龜從簍子裡拿出來，捉在手裡，憤恨地對它說：

「去罷，你這笨烏龜！」

只聽得「撲通」一聲，烏龜給丟在海水裡了。然而被丟在海水裡的烏龜，非但沒有死，卻反而自自在在地游泳著，還很高興地探起了頭，哈哈哈地笑著說：「小先生，我已經足足有三年沒有逛過海洋了！你想，足足有三年，我等得多麼心焦啊！」

女人島

從前，有一個叫做馬采采的人。有一天，馬采采到河邊去捉魚，腳一滑，就掉到河水裡去了。河裡的水流很急，他被水流沖出去，一直沖到了海裡。他大聲地喊叫，求救，可是一個人也沒有聽見。只有海水的聲音應和著他。

在海水裡漂了好一會，他彷彿看見遠處有一個島的影子。後來他被海水沖到了島的附近，他聽到了島上有人的聲音。他想：「這種野人的島，見了人也許就被吃掉，還

是不上去吧。」但是後來想想，海裡有很大很大的魚，這些大魚也要吃人的。與其給大魚吃掉，還不如到海島上去，也許還有活的希望。所以他想著想著，就爬到海島的岸上去了。

海島上站滿了人，看見他來，大家非常吃驚，嘰嘰咕咕的叫嚷著。馬采采站在她們中間，仔仔細細的看，卻看不到一個男人。而那些女人們，看見馬采采是男人，大家很奇怪，大家都很歡喜馬采采，大家都希望馬采采做她自己的丈夫，所以拉拉扯扯的，把馬采采拖到美麗的宮殿裡去了。在宮殿裡，她們燒了許多山珍海味的最好的菜給馬采采吃。這時候，馬采采才知道，這個島是叫做「女人島。」

在女人島上，馬采采過著很快樂的日子。但後來，他有些想念起自己的故鄉來了。他常常站在海邊的岸上，朝著故鄉的方向眺望，還嘆息著。

有一天，當馬采采獨個人站在海岸邊嘆息的時候，海裡突然浮起了一條大鯨魚，它向馬采采說：

「喂，馬采采，我看你很可憐，我想我背你回到故鄉去吧。」

聽到了大鯨魚的話，馬采采快樂極了，他很快地坐到大鯨魚的背上。大鯨魚急促地呼吸著，噴開了水，一瞬千里地把馬采采送回了故鄉。

離開故鄉僅僅只有幾年，可是故鄉的山水草木完全改變了，眼睛所見和耳朵聽到的，完全是新的東西。走到自己的家門口，也不見自己的妻子，那裡面不知被什麼人住著。他找不到一個認識的人。當他說他自己是馬采采時，人們都大吃一驚，都說：

「在我們的祖父的時代，的確有一個馬采采，但這個馬采采，在一天捉魚的時候，跌到河裡，永遠就沒有回來過。」

於是他們告訴他，現在馬采采的孫子的一代住在哪裡。馬采采聽呀聽的，他好像自己做了一個奇怪的夢。他有些糊塗，弄不明白，就自言自語地說：

「唉唉，我做了兩個世界的人了！」

愚笨的人

從前有一個愚笨的人。這笨人從來不做事情。小的時候，他的爸爸和媽媽替他做事；大了以後，結了婚，他的妻子替他做事。

有一天，他的媽媽死了，他的妻子要到街上去買一些衣裳，就對他說：「你在家裡等著吧，到了晚上，你把雞捉到雞棚裡去，再燒一盆水，給小孩子洗洗澡。」於是妻子出門到街上去了。

到了晚上，這笨人就燒了一盆很熱很熱的開水，先把一隻雞放在熱水裡替它洗澡，結果雞死了。他把死雞立刻關到雞棚裡去。後來再燒了一盆熱開水，把自己一歲的孩子放進去，替他洗澡，結果孩子大叫一陣，死了。他便把死了的孩子放在被窩裡，讓他睡覺。

不多一會，妻子回來了，妻子問：「把雞關到雞棚裡去沒有？」他說：「關了。」妻子問：「孩子洗澡了沒有？」他說：「洗了，現在正睡在被窩裡。」妻子跑到床邊去看孩子，用手一摸，孩子身上的皮給熱開水泡得脫落了，孩子死了。

再到雞棚裡去一看，那雞身上的毛，已經給他拔掉，雞已經給熱開水泡熟了。

妻子大哭大鬧，但是有什麼用呢？後來妻子只得對他說：「用草席包起來，把這孩子帶到墳地上去埋了吧。」

笨人很高興，立刻拿了一張草席，把孩子捲起，挾在手裡，走到墳地上去。但走到半路，孩子的屍體從草席裡掉下來了，這笨人卻不知道。最後走到墳地上，把草席埋到泥土裡。回來的路上，這笨人看見有一個孩子的屍體，於是到了家裡，對他的妻子說：

「我們的孩子已經埋了，可是人家的孩子卻丟在路上呢！」

妻子聽了，就有些不相信。她立刻走到路上去看。一看原來是自己的孩子。

這時候，妻子非常憤怒，就對這笨人說：「現在天已經黑了，你索性在場上架起乾草和木材，把這孩子燒了吧。」

於是笨人就拿了許多乾草和木材，點了火，燒了起來。火燒得很大。但是這笨人還怕火力太小，燒不掉小孩子的屍體，所以他想：「讓我自己先來試試這火力，到底大不大。」這樣想著，就只聽得撲通一聲，他自己先跳在火裡，給灼熱的火燒死了。

獵人和小鹿

從前，在臺灣高山族泰拉那部落裡，有一個叫做奚麥加的人。這是一個獵人。他幾乎每天要出去打獵。

奚麥加打的是什麼野獸呢？他不打別的，專門去打山裡的鹿。而且他不歡喜打老鹿，他專門打小鹿。每次打到了一隻小鹿，他就要把它嘴裡的舌頭，割出來，放在山上熏來吃。他說：

「小鹿的舌頭是多麼好吃喲！」

他吃到了一次，還要吃第二次；吃到了第二次，更要吃第三次；吃到了第三次，那非吃第四次不可……這樣吃呀吃的，奚麥加似乎專門為了要吃小鹿的舌頭而去打獵了。

不到三年，奚麥加竟吃到了五百多條小鹿的舌頭。

在吃小鹿的舌頭的時候，奚麥加覺得味道特別好，特別香，特別有回味，所以他不停地用自己的舌頭舐著，舐著牙齒，舐著嘴唇，到了後來，竟常常高興得舐到臉頰上來了。

「小鹿的舌頭是多麼好吃喲！」

奚麥加的舌頭舐得多麼忙碌喲！

因為奚麥加的舌頭舐得實在太忙，實在太厲害，所以奚麥加的舌頭慢慢的長起來了，慢慢的可以舐到自己的眼睛了，慢慢的更可以舐到自己的頭髮了。

到了第六年，奚麥加吃的小鹿的舌頭，竟有一千條以上，奚麥加的舌頭可以舐到胸口那兒了。

第七年，奚麥加的舌頭可以舐到肚皮上。

第八年，奚麥加的舌頭可以舐到膝頭上。

第十年，奚麥加的舌頭可以舐到腳板上了。

因此奚麥加走路的時候，他的舌頭常常要跟他的兩隻腳糾纏在一起，走得愈快，纏得愈牢——這真是覺得討厭喲！

但是奚麥加不討厭，他想出了一個辦法，他把自己的舌頭，像一條圍巾似的，圍在自己的項頸裡。

當奚麥加需要說話的時候，便用自己的兩隻手，把舌頭拉直，提高，像一條皮帶似的，高高地舉在自己的頭上，於是說話就很響亮地說出來了。

一切都很方便。奚麥加一點也不覺得麻煩。

可是有一天，當奚麥加追趕一隻小鹿的時候，奚麥加就覺得麻煩了。

原來那一天風很大，當奚麥加用武器打傷了一隻小鹿，正在追趕的時候，風把奚麥加圍在項頸裡的舌頭，吹下來了，舌頭纏住了奚麥加的腳，奚麥加就在山上跌了一個跟斗，就從山頭上滾呀滾的，像一根蘿蔔似的，一直跌到很深很深的山谷裡，跌得連氣也不高興喘了。

這一次奚麥加一定是覺得「麻煩」了罷？

老狼的故事

從前，高山族的泰拉那部落裡，有兄弟倆。他們的年紀都很小：哥哥十六歲，弟弟十四歲。可是他們的父母，在打獵的時候，都給森林裡的一隻吃人的老狼吃掉了。

當哥哥和弟弟知道了爸爸和媽媽給老狼吃掉了以後，他們都哭了。但是哭有什麼用呢？哥哥對弟弟說：「別哭，我們到森林裡去殺掉那隻老狼吧。」

於是哥哥和弟弟一同走到森林裡。

森林裡到處都是又高又大的樹木，看不見一個人，滿地都是樹葉，踏在這些樹葉上，很潮濕，而且很軟，常常要跌跤。他們在森林裡走了很久很久，走得疲倦得快要倒下來了，但是仍舊一步步地走，要去找尋那隻可惡的老狼。

森林裡看不見太陽，連白天和夜晚也不知道。到了後來，連走路的方向也迷失了。而且肚子實在餓得厲害，再也走不動路，弟弟先倒下來，躺在地上睡熟了。

哥哥看見弟弟睡在地上，覺得很危險，就坐在弟弟的旁邊，手裡拿了一根很粗很粗的木棍，準備老狼來了以後，就用木棍去打它。

老狼沒有來。弟弟醒了。於是他們再走。弟弟的腳上走出了血，哥哥把身上的衣服扯下來，包紮了弟弟的腳，再走。弟弟餓得肚子痛了，走不動路了，哥哥便去捉了一條蛇，把蛇肉燒熟了給弟弟吃，再走。他們走了幾天又幾夜，還是找不到那隻老狼。

有一天，哥哥和弟弟走到一隻井欄邊，井欄邊有一堆很乾的乾草，哥哥和弟弟就坐在那堆乾草上。

哥哥和弟弟坐在乾草上，正要睡覺的時候，突然，聽到了一陣小狼的叫聲。哥哥立刻從乾草上跳起來，仔細一看，看見了兩隻小狼，它們正要想到井欄邊去喝水。

哥哥和弟弟便用木棍把小狼打死了。哥哥說：「老狼一定就要來了，你先爬到樹上去罷。」

弟弟爬上了樹。哥哥把兩隻已死的小狼，用繩子掛在井欄邊的樹枝上。

這時候，一聲可怕的狼叫，從樹林裡透出來。哥哥知道老狼快要來了。

哥哥也爬到井欄邊的樹枝上。

老狼果然來了。

弟弟嚇得不住地抖。但哥哥很勇敢，他學著狼叫，挑引著老狼去注視他。

老狼抬起頭來，看見掛在樹枝上的兩隻小狼，便憤怒了，它用前爪爬著樹幹，想爬上樹去把哥哥咬死。但是爬不上。

老狼在樹的周圍來回地奔，跳，發狂似的咆哮著，吼叫著。

後來老狼從地上跳起來，不住地跳，想用腳爪去抓奪那兩隻小狼，但是抓不到。

奔跳一陣以後，憤怒的老狼用它銳利的牙齒去咬那堅硬的樹幹。咬了很久，樹幹給咬壞了，哥哥快要從樹上跌下來了。

這時候的哥哥，便想出了一個聰明的辦法：他把兩隻小狼丟在井欄裡。

瘋狂的老狼看見自己的小狼給丟在井裡，也就不顧一切地，跳到井裡去了。

哥哥立刻從樹上跳下來，和他的弟弟

一同地，用了全身的氣力，把那井欄邊的一塊石板，蓋到井欄上。老狼便這樣地死在井裡了。

從此以後，泰拉那部落裡的人，可以自由地走到森林裡來了，因為那隻吃人的老狼給打死了。

從此以後，泰拉那部落裡的人，都尊敬這位勇敢的哥哥和勇敢的弟弟。當哥哥到了二十歲的時候，大家公推他做了泰拉那部落的領袖。

虹

從前一對夫婦，很窮，連身上穿的衣服都沒有。但是一個女人不穿衣服走在路上多麼羞恥呀，因此那女人便去偷了人家的衣服來穿。

這件事情給她的丈夫知道，他覺得更羞恥，他說：「你做了賊，實在使我害羞，但我們也實在太窮，我想，我們兩人還是離開地面，去做一條虹吧。」

於是他們爬到了高山的頂上，給暴風雨吹走。當雨過天晴的時候，在半天裡，便可以看見他們倆合作做成的虹。虹的上半部非常美麗，那是因為那女人，曾經偷了人家美麗衣服的緣故。虹的下半部不覺得美麗，那是因為那男人，沒有衣服穿的緣故。但虹在天空裡高掛著，好像見不得人，很怕羞的樣子，那是因為他們偷了衣服，至今還沒有還人家的緣故。

芭蕉的憤怒

從前，有一個叫做蘇羅英的人。他是一個野蠻的莊稼漢。他娶了一個妻子，每次當妻子生小孩的時候，他總是說：

「要是生了個女孩子，我就要把她殺死！」

可是他的妻子老是生女孩子，一共生了五個，這五個女孩子，在剛剛出世的時候，都給蘇羅英殺死了。

有一天，蘇羅英的妻子又要生產了。這一次，因為蘇羅英恰巧在田裡工作，所以雖然又生了一個女孩子，但是蘇羅英的妻子卻偷偷地把女孩子藏在一個鄰居的家裡，寄養在他們的家裡。後來女孩子長大了，當她是一個姑娘的時候，蘇羅英的妻子再把她領回來，對蘇羅英說：

「她可以幫我們工作。她可以侍候你。」

蘇羅英睜大了惡狠狠的眼睛，對那姑娘很瞧不起似的看了看，大聲地說：

「那末，你替我到河裡去吊一桶水來吧！」

姑娘走到了河邊，看了看河裡的水：河裡一滴水也沒有。姑娘就到井裡去吊了一桶水。

當蘇羅英知道這是井水的時候，他咆哮了，他大聲地怒吼：

「哼！我要的是河水，不是井水！」

蘇羅英雖然明明知道那河裡早已沒有一滴水，但他還是說：

「你再去！要是吊不到一桶河水，我就殺死你！」

姑娘嚇得有些呆了，連眼淚也哭不出，她只得帶了木桶，再到河邊去找尋河水。她呆呆地直立在河邊，心裡盡想：「我不能回去，回去就要給殺死的！」她呆呆地想著想著，就變成了一株芭蕉了。

姑娘的母親在家裡等，看見女兒沒有回來，心裡很著急，就偷偷地跑到河邊去尋找。她找來找去，只找到了一隻木桶。她呆呆地站立著，站在那株芭蕉的旁邊，過了一會，她自己也變成一株芭蕉了。

蘇羅英獨個人等在家裡，看看她們出去了好久，再也不見回來，心裡就非常憤怒。他想：「這兩個女人都不是好東西！」想著想著，就再也等不下去了。於是捲起了衣袖，帶了一把鋒利的鐮刀，預備看見了她們立刻就斬殺。

但是蘇羅英找來找去再也找不到她們。

到了後來，他發現了一隻木桶，木桶的旁邊有兩株芭蕉，他想，她們一定是變成芭蕉了。於是他用足了全身的氣力，舉起了鐮刀，狠命地向芭蕉的身上砍去。但哪裡知道，芭蕉正像石柱一樣，當鐮刀砍上去的時候，立刻發出了無數的火花，把鐮刀彈了出來，彈在蘇羅英的腦殼上。

蘇羅英就這樣可笑地，給自己的鐮刀砍死了。

金手杖

從前，有一個很懶很窮的人，他的名字叫奚百佳。

奚百佳的母親死了以後，就再也沒有人燒好了飯，給奚百佳吃了。奚百佳常常餓了肚子，常常餓得連走路也走不動。奚百佳的家裡還有很多的白米，還有很多的乾柴，只要奚百佳好好地自己燒飯，就可以吃得很飽很飽了，但是奚百佳不高興燒，奚百佳懶得老是躺在床上想：「什麼時候我才可以發財呢？什麼時候我有很多很多的錢，住很好很好的房子，有很多很多的傭人燒飯給我吃，而那時候，我自己可以一動也不動，就能夠吃到很香很軟的飯，過著幸福和快樂的日子呢？」

奚百佳一天到晚地想，想得幾乎瘋了。人瘦得就像一根手杖。想著要吃飯的時候，就賣掉家裡的米和乾柴，去換一些燒熟了的飯來吃。後來米和乾柴賣光了，就賣家裡的一切東西。一切東西賣光了，再賣屋子和地皮。後來奚百佳變成一個什麼也沒有的窮人了，但是奚百佳還是不高興做工，仍舊躺在草地上，發瘋一般地想：「什麼時候我才可以發財呢？」

一天晚上，奚百佳做了一個夢，夢見一個財神老爺對他說：

「喂，奚百佳，你瘦得像一根手杖，是不是你做工做得太辛苦呀？」

奚百佳說：「我才不高興做工！做工的人沒有一個是發財的。我是要發財呀！我在想種種的方法去發財。我發了財，我有很多很多的金子，我變了一個富翁，我就有很多很多人服侍我，燒飯給我吃，我就會吃得很胖很胖的，變了一個大胖子！」

「噢，」那財神老爺說，「你是要想發財麼？——發財很容易，我就教你怎樣去發財罷！」

「真的麼？」奚百佳快活得跳了起來。他跑到了財神老爺的跟前，請求他說出發財的方法。

財神老爺告訴他，發財的方法有兩種：一種是做苦工，把錢一點一點積起來；一種是變金子，用財神老爺的手杖的頭，點在一切的東西上，這一切的東西，就會變做值錢的金子了。

奚百佳自然要第二種的發財方法，他大聲地叫：「老爺，您的手杖請借一借罷！」

奚百佳在夢裡拼命地叫，就叫醒了。醒回來以後，看看自己的身邊，的確有一根手杖。他好奇地站了起來，握住了手杖，點在草地上，點著的青草立刻變成了金草。點在石頭上，石頭立刻變成了金塊。奚百佳快活極了。他想他已經是世界上最最富有的富翁了，他可以把整個世界變成黃金世界。他想著想著，便呵呵地大笑起來。他笑得那麼厲害，笑彎了腰，笑得站立不住，就撲通地跌了一跤，倒在地上，把手杖跌落了，跌得手杖的頭碰在自己的頭上，於是奚百佳，這個世界上最最快樂最最幸福的大富翁，瘦得像手杖一般的大富翁，就立刻變成了一個金子的人，變成了一根金手杖，躺在地上一動也不動了。

一個不想工作只想發財的人，就會有這樣的結局！

烏鴉和翠鳥

有一天，一隻烏鴉和一隻翠鳥競賽。它們從河的一邊，嘴裡銜了一塊石子，飛到河的對岸去。誰先把石子掉在河的對岸，誰就是勝利者。

烏鴉比翠鳥大了好幾倍，烏鴉的氣力也比翠鳥大了好幾倍。烏鴉心裡想：「這次的勝利，一定是我的。」

烏鴉想著，就有些驕傲起來。它在地上銜石子的時候，先站住了，用自己的嘴巴「哇——哇——」地叫了一陣，然後銜住石子，張開它的大翅膀，用力的飛。

當烏鴉快到對河的河岸時，翠鳥才只飛在

河的中心，烏鴉回過頭來看看，心裡一陣愉快，就不禁驕傲地笑起來了，它張大了嘴巴，快樂地叫：

「哇——哇——」

但是當烏鴉大叫的時候，嘴裡的石子，一不小心，掉落到河裡去了。

而那小翠鳥，卻閉緊了嘴，不停地飛。一直飛到了河的對岸。

烏鴉雖大，叫得響亮，然而烏鴉卻是一個失敗者。

從失敗者叫喊出來的聲音，那是不吉利的。

所以現在高山族的人，遇到出門聽見烏鴉叫，他便會更改他出門的日期。

因為失敗的烏鴉，是一個不吉利的預兆。

「極樂世界」

在我們這個世界上，有各式各種的的人：有用功的人，有懶惰的人；有善良的人，有惡毒的人；有慷慨的人，有吝嗇的人。……

因為我們這個世界上，有這許多種類的人，所以要做一件事，就不容易做好；要過快樂的日子，就不容易過到。

但是在另外的一個世界裡，卻是一個快樂的世界，也就是所謂「極樂世界。」

你要走到那個極樂世界去，必須經過那頂「天橋」。天橋的底下是大河，河裡有吃人的大魚和吃人的毒蛇。在天橋的橋腳口，有一隻檢查行人的「天狗」。凡是用功的人，善良的人，慷

慨的人，天狗見了很歡迎，搖搖他的尾巴，點點他的頭，送他們過去。凡是懶惰的人，惡毒的人，吝嗇的人，天狗見了就亂咬，讓他們走在橋上，嚇得跌到河裡去，給大魚吞掉，給毒蛇咬死。

凡是走過天橋的人，就是走入了「極樂世界」。

凡在極樂世界裡的人，都可以安安心心地做自己的工作，坦坦白白地說自己的話。這裡沒有惡人侵害你，打起仗來，害得人家都沒有飯吃；這裡沒有惡人搜括你的錢財，把自己獨個人養得像一條肥狗，把人家都踏在他的腳底下。

這極樂世界，是每個人都歡喜的。

這極樂世界，是在天橋的那一邊，不在天橋的這一邊。

但是到了現在，因為我們的世界裡，惡人實在太多了，所以那天橋，一天天地高起來，後來就變成了不能走上去的虹。

所以要有真正的「極樂世界」，還是在我們自己底世界裡創造吧。

紙鳶的尾巴

許多年以前，有兄弟倆，還有一個妹妹，他們三個人住在一起，非常的和睦。

有一天，小妹妹到河邊去洗衣，但一直等到天黑，還沒有回來。哥哥和弟弟心裡非常著急，就一同到河邊去尋找。走到河邊，只見灘岸上有妹妹洗過的衣服，但是人卻不知到哪裡去了。於是他們到處去找，一直走到山野裡，看見了一個很大的蛇洞。這時候，一條大蛇剛巧從洞裡探出了頭，張大了嘴巴，正要撲到他們的身上來。哥哥便拔出了刀，把大蛇的頭砍下來了。弟弟把大蛇從洞裡拖出來，用刀子剖開了蛇的肚皮，剖到後來，果然看見了小妹妹的兩隻手鐲子。

哥哥和弟弟把吃掉妹妹的大蛇殺死了以後，因為肚子很餓，找不到食物，就到人家的旱田裡去拔了幾根甘蔗來吃。守望甘蔗的主人，眼見有人偷他的甘蔗，就跑出來抓住了弟弟。

哥哥逃回家裡，心想弟弟給人家抓去，多麼可憐喲，就想盡了種種方法去救弟弟。後來哥哥做了一隻很大的紙鳶，紙鳶上縛了一根長長的帶子。當紙鳶飄到弟弟的頭上時，帶子從天空裡一直掉到弟弟的身上，弟弟用手抓住了帶子，就升到天空裡去了。

於是哥哥用力把紙鳶拉回來，這樣便救出了自己的弟弟。

住在附近的人們，看見哥哥這樣愛弟弟，哥哥和弟弟又這樣愛妹妹，他們都感動得說：「這是我們兄弟姊妹的好模範！我們要永遠記在心裡！」

所以從此以後，天下的紙鳶便多了一條尾巴，這條尾巴的意思，就是要叫我們不要忘記這兄弟姊妹間的「互助的愛」。

神燈

古時候，在臺灣高山族的蒲那部落裡，有叫做泰開德和泰開巴兩個人，這兩個人，就是蒲那部落裡的領袖。

當泰開德和泰開巴做領袖的時候，海洋裡的水，慢慢地漲起來，慢慢地把陸地淹沒了，慢慢地把全個臺灣的陸地，浸沒在大水裡，只有新高山、巒大山、郡大山、稀比耶山和卓社大山的山頂，還露出在大水的水面上。

所有蒲那部落裡的人，都逃到新高山的山頂上來了。

他們由泰開德和泰開巴帶領著，匆匆忙忙地丟下了自己的土地，帶了吃的東西，哭啼啼地逃難。有許多沒有氣力的人，就倒下來，掉在水裡死了。有許多小孩子，因為不會走大水淹沒的路，也跌在水裡淹死了。人們在手裡拿著吃的東西，都因為太重，常常走了一陣，丟掉了許多。走了七天七夜以後，人們到了新高山的山頂，可是帶到山頂上的吃的東西，卻是很少很少，只有泰開德和泰開巴兩個人，帶了許多東西。

泰開德和泰開巴到了山頂，就把自己辛辛苦苦帶來的食物，很慷慨地分給每個人吃，尤其是帶著小孩子的母親，吃得最多。泰開德和泰開巴自己，吃得最少。但是他們所有的帶來的食物，在五天以後，就吃完了。於是泰開德和泰開巴，帶領了強壯的男人，在山頂上打獵，把每天打到的野獸，分給每個人吃。因為他們沒有火，所以都是生吃。

但是一個月以後，所有山頂上可以吃的東西，都吃完了。他們的肚子裡，都饑餓得不能再忍受。但是，大水還沒有退。有許多年老的人和小孩子，就這樣地餓死了。

正在這個時候，人們卻看見了卓社大山上的火花。泰開德和泰開巴很聰明，知道這是神仙的火，可以把大水燒乾。所以他們準備到卓社大山上去取火。

但是這樣大的水，怎麼可以走過去呢？

泰開德和泰開巴想了好久好久，就在山上砍下了一棵很大的喬木，放在水面上，當做一隻船。他們兩個人，坐在這喬木上，很勇敢地划起來。

水浪很大，一陣陣的水，沖到泰開德和泰開巴的身上和頭上，但是他們很勇敢，緊緊地抱住了喬木，拼命地划。

划到了中途，一條很大的蛇，游過來，張開了饑餓的嘴巴，把泰開德吞到肚子裡去了。再划了一陣，一隻巨大的海蟹，從水底浮起來，夾住了泰開巴的右腳。

勇敢的泰開巴，忍住了痛，用拳頭把海蟹打起來。海蟹把泰開巴的右腳板夾去了，勝利地沉沒到海水裡去了。

再划了一陣，一隻很大的老鷹，突然飛在泰開巴的頭上，來回地飛著，叫著，威逼著泰開巴逃回去。

但是勇敢的泰開巴，為了要救出無數的人，他的心裡沒有恐怖，抱了犧牲的決心，忍住腳上的痛，向前不顧一切地划。

老鷹在泰開巴的頭上，愈飛愈近了，後來終於啄去了泰開巴的一隻左眼睛。

泰開巴的眼裡流著血。眼裡的血，也從鼻子和嘴裡淌出來。但是泰開巴還是忍住了痛，為了要救出無數的人，不顧一切地拼命向前划。

最後，勇敢的泰開巴划到了卓社大山了。那神仙的火給他取到了。那是一盞燈——一盞仙人的燈。泰開巴提著這仙人的神燈，從卓社大山上走下來。

凡是神燈所到的地方，大水便立刻退去。

泰開巴用一根樹枝做手杖，一拐一拐地走著路，用盡了全身的氣力，終於走到了新高山。

當泰開巴走到新高山的山頂時，大水完全退去了。但是泰開巴因為眼裡和腳上流血太多，就倒在新高山的山頂上死了。神燈從泰開巴的手裡滑下來，一直掉落到山腳，很快地熄滅了。

雖然泰開巴已經死去，雖然神燈已經熄滅，但是大水已經退去，無數的人都已經得救了。

從此以後，蒲那部落裡的人，沒有一個忘記泰開德和泰開巴，他們一代又一代，傳說著這個「神燈」的故事，傳說著這兩個勇敢的英雄。年老的人在講到「神燈」的故事時，臉上便顯示了光榮的驕傲。年青的孩子在聽到這「神燈」的故事時，他們會引動得流下了感激的熱淚。

——上海中原出版社一九四七年十二月初版

兒童節

我想，我們新生小學的陸校長，是全世界最最肥胖的人了，但是他偏偏穿了一身又短又小的中山裝，腳管只拖在小腿上，領口的鈕子綳得那麼緊，把他胖喉嚨的皮肉擠到外面來了。只要在他說話的時候，為了領口太緊，有些不舒服，他總要用他胖胖的右手，把領口拉一拉，擻一擻，然後把頭很快地一縮，把唾沫咽了咽，抬一抬頭，然後才說話。每次碰到陸校長說話，我是多麼地著急：不要把那領口的鈕子綳壞了啊！

譬如今天，陸校長又在咽唾沫了，因此我又在著急了，但是我屏住了氣，靜靜地看著。只見他縮一縮頭頸，再抬一抬頭，用他的「標準國語」向我們說。

「各位這個小朋友：今天這個今天，是四月四日，是這個兒童節。這個這個，兒童節，就是這個兒童的節日。而這個兒童的節日，一年這個裡面，這個這個，僅僅只有這個一天啊，僅僅只有這個，四月四日。所以本校，所以這個本校長，為了這個兒童節，為了你們這個小朋友，今天陪你們去這個玩玩。今天這個公園裡頭呀，是不要錢的，但是，私人的公園，這個這個，如果小朋友這個衣冠不整潔，那就是說，衣服太骯髒這個的，那是，就要這個——不准進去的。但是本校，但是這個本校長，可以向一切人擔保，可以向這個一切的一切的這個擔保，本校的小朋友，都是這個講究清潔的，所以這個本校長，前天已經接洽了這個愛羅園去玩，接洽了世界大戲院去看電影，唉，嗯，這個這個，看電影，看這個的這個，看這個電影這個的。」

說到這裡，我們的陸校長伸伸頭頸，咽咽唾沫，再用他的胖手在他的領口那兒一拉一撳的。噢唷，我真擔心呀，那領口那兒的鈕子不要「啪」的一聲，飛了出來呀，但是我希望飛了出去立刻飛回來，飛在他的領口上，像一隻蒼蠅一樣，只要兜了一個圈子，仍舊躲到原來的地方，這樣好叫陸校長再說下去呀。

可是陸校長再也說不下去了，他伸伸頭頸，縮縮頭頸，再也「這個」不下去了。那末不「這個」又怎麼辦呢？難道叫我們陪著陸校長呆坐「這個」一天麼？

正好體育先生姜先生走到講臺上來了，他站在陸校長的旁邊，接下去說：「好啦，剛才校長先生的話，你們都聽見啦，現在我們開始出發，即遊愛羅園，再在兩點鐘到世界大戲院裡去看電影。那末現在就出發，校長的意思怎麼樣？」

「這個這個……」陸校長點了點頭，表示他的同意。

於是我們排了隊，打學校裡走出來了。

當我們的隊伍快到愛羅園的時候，小狗子看見了我，他大聲地喊——

「戚小花！」

我回過頭去，看見了那個拖著鼻涕，赤著腳，在馬路上丟磚頭的小狗子。小狗子是我們的鄰居，他的爸爸是泥水匠，總是赤了腳，一早就出門，到了深夜才回來，回來的時候滿身是泥灰，有時候臉上塗了一塊塊花白的石灰。小狗子的媽媽在我們家裡幫廚，所以小狗子常常到我們家裡來，和我一塊兒玩，有時候還教小狗子識字，做了小狗子的先生。

今天看見了小狗子，我是多麼的高興啊！我向小狗子招了招手，小狗子立刻跑過來了。

小狗子並著我的肩膀，和我一塊兒走。

我有意壓低了聲音，向小狗子說：

「喂，小狗子，你知不知道，今天是兒童節呀！」

小狗子呆了呆，他想了好一會，正正經經地向我問：

「什麼耳桶節呢？腳桶沒有節嗎？我看見爸爸的泥水桶，用木頭做的，也都有節的。」

「唉，小狗子，你連兒童節也不懂麼？」我有些可憐小狗子了，我低聲地說，「兒童節就是我們小朋友的好日子呀！」

「可是我沒有進學校，爸爸沒有錢，我只能做野孩子，我不是你們的『小朋友』！」

我聽了小狗子的話很難過，但是我安慰小狗子，我說：

「小孩子都是小朋友，小朋友在今天都要過好日子！」

「怎樣的好日子呢？」

「玩花園，看電影。」

「我也跟你們一樣的可以進去麼？」

「一樣可以進去。」

小狗子聽呀聽的，快活得不得了，他跳跳蹦蹦的，拉住我的手，就擠在我的前面，排到我們的隊伍裡了。

這時候我們的隊伍已走到了愛羅園的大門口。陸校長和姜先生叫我們站住，他們走到大門口去，和那守門的人嘰咕了一會，然後姜先生走過來了，他站在我們的隊伍的前面，很用力地喊：

「立正——向右轉——報數！」

聽到姜先生的大聲吆喝，小狗子嚇呆了，他立刻偷偷地挪動著腳，走到隊伍的外面，像一個過路的孩子一樣，好奇地眺望著我們。

報數完畢，姜先生就又發出了號令：

「向左轉——開步走！」

於是三十六個小朋友都走過愛羅園的大門框了。

獨有小狗子，他呆呆地，站在大門邊，目送著我們一個一個地走進花園的大門框。

我們的隊伍是解散了，小朋友們三三兩兩地分批到池子邊，到假山裡去玩，我滿肚子的氣：為什麼不讓小狗子也進來一同玩玩呢？

到了兩點鐘的時候，姜先生吹起了集合哨，小朋友們聚攏來，排成隊伍，走出愛羅園，走向世界大戲院裡看電影去。

隊伍經過福熙路亞爾培路轉角的時候，小狗子又偷偷地走到我的旁邊來了。他有些埋怨似的說：

「我在外面等，你們為什麼玩得這麼久呀？」

我滿肚子的慚愧，我有什麼話要向小狗子說呢？我為什麼不向姜先生要求，讓小狗子也進來？我為什麼……

我想來想去，總覺得太對不起小狗子了，我於是說：

「小狗子，看電影去，這一回你別怕，和我一塊進去！」

小狗子聽了我的話，就感動得臉也紅起來了，他立刻用自己的眼，打扯了一下自己的衣服，就半信半疑地問我：

「真的麼？」

「真的！」我直接爽快地回答。

於是小狗子又插到我們的隊伍裡來了。這一次他排在我後面。我不時回過頭去和他談話。我看見小狗子小心翼翼地走著，他用袖口抹去了那兩條老鼻涕，再用手掌拍去了身上的泥灰，從小狗子的舉動上，我看到小狗子是多麼的感到自信和愉快啊。

隊伍在世界大戲院的門前站住了，當陸校長「這個這個」地和收票員交涉了一會以後，我們便按照排齊的隊伍，一個一個地走到戲院子裡去。

收票員點著人數：「一個，兩個……」

當我快要通過收票員面前的時候，兩個收票員幾乎同時大聲地怒吼——

「哼！你這個小癟三！」

我回過頭來看，只見兩個收票員用四隻有力的手，抓住了小狗子的襤褸衣服的領口，把他從隊伍裡拖出，狠狠地打著耳光。正當他們把小狗子拖到戲院門口石階的地方，其中的一個收票員，用他的右腿，向小狗子的屁股上狠命地踢了一腳，小狗子便哇的一聲，像一根紅蘿蔔似的，連跌帶滾地從八級石階上滾下來，一直滾到了馬路上。

我急忙跑出去，跑到小狗子的旁邊，把哭著的小狗子扶起來。我連連的說：「他是我的小朋友，他是我的小朋友！」

這時候，陸校長和姜先生也趕到我的旁邊來，姜先生拉住了我的手，板起了臉說：

「他是小癟三，他不是我們的小朋友！」

我聽了這樣的話非常不高興，我就說：

「他是我的鄰居小朋友，我要他一塊兒去看電影。」

「這個這個，」那個大胖子陸校長也著急得連連用胖手摸摸領口，「這個這個，他沒有資格去看這個電影這個的！」

「為什麼呢？」我哭喪著臉說：「為什麼呢？──今天不是兒童節麼？今天不是全世界的小朋友們都可以一塊兒地玩麼？今天不是……」

「這個這個，兒童節是這個兒童節，不過這個──那個兒童節，可不是這個兒童節……」

陸校長和姜先生把我拖到戲院裡去，可是我為了「兒童節」，為了我們的這個好日子，卻禁不住放聲大哭起來了。

──原載一九四七年四月四日上海《申報・春秋》

五月

啊喲，你認得余小風麼？余小風的月記寫得真好呀！昨天我去問他的爸爸，他的爸爸說：「全是他寫的，我改得很少。」但是我有些不相信：這樣的月記，難道都是余小風寫的麼？你看，你看，這是他最近五個月的月記，這些有趣的月記，難道都是他一個人寫的麼，你看了就知道，你看，你看……

九月　開學

鐘聲響啦！

姊姊陪我到學校的門口，用手指了指，輕輕地說：「你今天起身太晚，快些到禮堂裡去吧。」我連跑帶跳地走，衝過走廊，走進禮堂的大門。禮堂裡坐滿了小朋友，李老先生正在講臺上念總理遺囑。我從講臺邊走過去，小心地走，可是依舊給張先生看見了。我紅了臉，低了下頭，但張先生卻輕輕地，走到我的旁邊來，用蚊子般的聲音對我說：「你的座位在第九排，在陸志明的旁邊。」我依照張先生的指示，走到我座位的前面，和老朋友陸志明打了個招呼，這時候我才鬆了一口氣。

當校長李先生報告的時候，我偷偷地溜看前前後後的小朋友。陸志明說，今年的新同學多極了，那糖店裡的小狗子，也轉學到我們的一班裡來了，還有那赤鼻子的張七，那在我們的弄堂裡最會吵的張七，也轉學到我們的一班裡來了。我問陸志明：「那麼鄭鐵民坐在哪裡呢？」因為鄭鐵民是我的好朋友，他是我們全級的好學生，我最崇拜他的英雄的氣魄。可是陸志明卻說：「鄭鐵民麼，他恐怕不來念書了。」

「啊呀，」我想，「鄭鐵民不來念書麼，這是為了什麼呢？要是鄭鐵民不來，那麼丘小雪，和新來的小狗子和張七他們，不是沒有人去對付了麼？」我想著想著，好像跌入了一隻悲哀的池塘，我正划著水，不知道怎樣辦才好。可是這時候，突然的，李老先生的聲音卻驚醒了我，他大聲地哎呀哎呀哎呀的說：

「……不是麼？哎呀，一個好學生不但要功課好，還要品行好。功課和品行好的小朋友，將來會做一個大人物，大偉人，但如果功課好，而品行不好，哎呀，那麼將來他到老還是個壞蛋，壞蛋，哎呀，頂頂壞的壞蛋。所以，從今天起，各位小朋友要聽從先生的指導，小朋友間應當是互助的，哎呀，不打架，不吵鬧，還有在學校裡，哎呀，應當愛護公物，對先生要有禮貌，上課，哎呀，上課不遲到……」

哎呀，上課不遲到，可是我今天不是偏偏遲到了麼？我想著想著，我的臉立刻又紅啦。我慚愧得低下了頭。

從今天起，我要做個好學生，我不怕壞蛋，不遲到，不欺侮小朋友，我要學鄭鐵民那樣的好榜樣。哎呀！哎呀！

十月　木匠的兒子

開學已經一個月了，我們班裡新來的小狗子實在太淘氣了，他和丘小雪一起，常常吵吵鬧鬧的，把小朋友們的習字帖塗黑，或者把人家的墨水瓶打翻，連「對不起」也不說一句。要是鄭鐵民在這裡，他一定會跳起來，高聲說：「不行，你應該向他陪罪！」或者說：「把塗黑的習字帖拿去，買一本新的來。」可是鄭鐵民現在不知道在哪裡，因此誰也不敢跟可惡的丘小雪和小狗子他們去理論。

真是可恨呀！

有時候那赤鼻子張七還跳到講臺上，「烏拉拉，烏拉拉」的打口哨。真是可恨呀！

「要是鄭鐵民在這裡就好了。」我對陸志明說。

陸志明聽到了我的話，就把嘴輕輕地湊上我的耳朵，小心地說：「明天我同你去看鄭鐵民，好麼，鄭鐵民住在我們家的隔壁呢！」

我聽到這句話，快樂得跳起來，這天的晚上，我在夢裡也快樂得和鄭鐵民握著手，還送給鄭鐵民一個大麵包。

第二天一早，我到陸志明的家裡，和他一同走到鄭鐵民的家裡去。

鄭鐵民的家是一個殘破的草棚，很低矮，也很黑暗。走進了草棚的大門，就有一股霉氣的味道，我想，這樣的房屋怎麼可以住人呢？我立刻用手捫住了鼻子，跟著陸志明怪難堪地走，後來走到了裡房間，陸志明快要敲門的時候，他看見我們捫住著鼻子，就趕忙低下了頭，在我的耳邊輕聲說：「現在要看見鄭鐵民的爸爸啦，你不能用手捫住了鼻子，到朋友的家裡做客人，就應當快快活活的。鄭鐵民的爸爸，是很和愛的老木匠呢！」

我聽了陸志明的話，掛著滿臉的笑，和鄭鐵民的爸爸見面了。啊呀，鄭鐵民的爸爸，他的兩隻眼睛都瞎了呢。他躺在一個用稻草鋪成的矮床上。當他聽見陸志明說：「老伯伯，今天我帶來了一個小朋友，他是鄭鐵民的老同學，他姓佘，叫小風，他來看看鄭鐵民的。」聽著的他，就立刻在床上坐起來，哈哈地笑：「真的麼？那麼請過來，我要用手來撫摩他，撫摩他。」陸志明聽到這句話，就把我拖到他的面前，讓他的手摸著我的頭，我的肩膀和我的衣服。

他總是笑：「呵呵，多可愛的小官官呢！」

可是我有些害怕起來，我害怕那雙手——那是多麼骯髒和粗糙的手呀！它摸在我的臉上，我有些痛！

我害怕得逃到門口。但他還是在說：「呵呵，多可愛的小哥兒呢！」

陸志明看見我逃避，顯然是很不快樂的。但是他還裝著笑，和老伯伯說：

「老伯伯，他有些怕羞，躲起來了。那麼讓我們到後園裡去看鄭鐵民吧。」

「好的，好的，」老伯伯連聲的說，「他在後面，去吧，你們去玩吧！」說罷他又慢慢地睡倒在床上。

在後園子裡，我們看見了鄭鐵民，他赤了膊，手執著斧頭，正在砍柴爿。他看見我們來，就立刻紅了臉，丟下了斧頭，把衣服拾起來穿在身上。這時候陸志明卻說：

「大家是老朋友，還有什麼拘束的呢！」

可是鄭鐵民紅了臉，向我道歉：「真對不起，我們這裡連凳子也沒有。」

鄭鐵民和愛極了，雖然他穿的是破舊的衣服，住的是骯髒的房子，可是他多麼懂得禮貌呀。這時候，我們都坐在一棵沒有劈開的樹幹上，鄭鐵民問了我許許多多的話，他惦念著我們的學校，他惦念著我們一級的老同學，尤其惦念著我們一級的級任女先生。但我想，他這樣的惦念我們，那麼為什麼不到學校裡來念書呢？我想著想著，就向鄭鐵民問了：

「那麼你為什麼不來念書呢？」

鄭鐵民聽到我這樣的問話，立刻就呆住，他很難受地用手遮掩了臉，我看見圓亮的眼淚打他的指縫裡滴下來。他傷心極了。他這樣的傷心，使我很詫異，難道……

我真不知道怎麼才好。

正當我窘著的時候，陸志明就打開了難受的沉默，趕緊說：

「啊呀，時候不早啦，我們可以回去了呢！」

說著，就和鄭鐵民告辭了出來。

在回家的路上，陸志明送我走了一大段路。他告訴我鄭鐵民的爸爸是個木匠，媽媽早已去世，鄭鐵民是用他爸爸做工得來的錢念書的。可是兩個月前，鄭鐵民的爸爸，在做工的時候，一失足跌下來了，他跌在一隻石灰池裡，他的眼睛就瞎了。現在他躺在家裡，就靠鄭鐵民用砍柴爿的錢來養活他，多可憐呀！

聽到陸志明的話，使我立刻覺得我剛才的問話實在太沒有禮貌了，太不應該了，我恨不得向鄭鐵民陪罪，說我不應該問這句話，而且慈愛得像鄭鐵民爸爸那樣的人，我應當同情他，我應當多站在他的前面一會，讓他粗糙的手——那神聖的手，摸著我，永遠摸著我……

我多麼後悔自己呀！

像鄭鐵民那樣的小朋友多麼偉大呢！

十一月　張七的生日

十一月七日——今天是張七的生日。張七，就是在我們弄堂裡最會吵的張七，那個新近轉學到我們一班裡來的張七，常常爬在講臺上「烏拉拉，烏拉拉」地亂叫著的張七，是一個頂頂壞的壞蛋，是我最恨的壞蛋！

可是今天，今天偏偏是這個壞蛋張七的生日呢！

我們的體育先生對我們說：「今天是張七的生日，張七的爸爸和我是老同學，他特地要我帶著你們一同去吃面，我想你們都願意去的，願意去的小朋友都舉手。」

小朋友們都舉手了，可是我不舉手，還有陸志明也不舉手。

體育先生就問：「余小風你和張七住在一弄堂，為什麼不舉手呢？」我正想要回答，體育先生又說：「好啦，一同去吧。」停停，他又說：「還有陸志明，我們全體都去，你也一同去吧。」

為了要服從先生的命令，我們都默默地答應下來。

下午，放學以後，我們都集合在草場上，排了隊，由體育先生領著，一同走到張七的家裡。

張七的爸爸穿著高貴的西裝，他的身材很矮，肚子很大，走起路來一搖一擺的。他看見我們來，就搖搖擺擺地打大廳上拐出來，胖臉上堆滿了笑，和體育先生握著手，說了許多客氣的話，然後說：「嚇嚇，嚇嚇，各位小朋友，嚇嚇，請隨便些吧，不要拘束。嚇嚇，阿七，你陪小朋友們到後花園裡來玩！嚇嚇，嚇嚇……」

那壞蛋張七便從隊伍裡跳出來了，嘴裡「烏拉拉」的一聲，拖住丘小雪和小狗子往後廳直衝，一面在嘴裡嚷：「來，你們都跟我們來！」

張七家的花園多麼大呀，靠東邊有一個噴水池，滴滴答答，水不住地從一隻石獅子的口裡噴出來。那西北的一角，滿是層層疊疊的假山石，有一條小路可以通到那個假山石的山頂。在花園的中間，有一隻古寺式的涼亭，亭子的四周都是小河流，只有一頂曲折的小橋可以通到那個涼亭裡。

張七和丘小雪和小狗子他們，飛也似的跑著，臉上堆滿了驕傲的神色。他們一會在假山上「烏拉拉」的吹口哨，一會又在噴水池的石獅後面唬嚇別的同學了。玩了半天，他們三個又從涼亭裡拿出了許多玩具——有小汽車，有小腳踏車，還有可以放到天空裡去的小飛機。小朋友們都羨慕極了，都奇怪極了，都說：「張七的家裡有這麼多東西呀！」可是陸志明卻不希罕這些，他總是默默地，默默地在草坡上走，連看那些玩具都不高興看一眼。

到將近六點鐘的時候，一個男傭人從大廳的側門裡跳出來，大聲地叫：「小少爺，小少爺，快領小朋友們到大廳上來吃麵，來吃麵！」

於是小朋友們都跟著張七到大廳上來吃麵了。

這時候，大廳上都布置得很整齊，長長一大排的大菜臺接連地放著，上面鋪著雪白的臺布。一隻只有彈簧的沙發椅子，排列在檯子的兩邊，我們都坐在那上面。然後有許多的傭人，端出了各種花紋細巧的碟子，碟子裡盛著雞、鴨、野兔肉以及各種炒鮮。最後拿出了一盆盆雪白的麵。

這時候張七的爸爸又出來了，他很沉重的笑著，搖擺著肚子，把插在嘴裡的雪茄煙摘下來，笑聲說：「嚇嚇，嚇嚇，各位小朋友，嚇嚇，你們隨便吧，請用請用。菜都簡陋得很，真是，嚇嚇，嚇嚇……」他們把凸出的肚子向左右擺了擺，把腳挪動了一下，然後又「嚇嚇，嚇嚇」地說不出什麼了。

我注視著他，我發現了張七的爸爸跟張七一樣——全是赤鼻子！

停了半響，像發現了什麼似的，張七的爸爸噴出一大口雪茄煙，趕忙說：

「噫！什麼？嚇嚇，嚇嚇，我沒有話啦，嚇嚇，你們，嗯，請用請用……呃，張七，你出來，嚇嚇，招待招待小朋友們用菜啊，嚇嚇，嚇嚇……」

張七的爸爸說起來話來總是「嚇嚇嚇嚇」的。

說罷，他拐著腳，搖搖擺擺地走回裡廳裡去了。

於是裡廳傳出了一陣體育先生和他哄笑的聲音。

於是小朋友們由張七和丘小雪和小狗子他們領頭，都呼魯呼魯的開始吃麵啦。

只有陸志明呆著，他呆坐在我的旁邊。

我說：「喂，吃吧！」

「不，」陸志明堅決地說，「我的肚子痛，吃不下！」

我吃了幾口，突然想起張七那壞蛋在學校裡總是欺侮小朋友，為什麼又要吃他的麵來慶賀他的生日呢？

我偷偷地打人縫裡瞧張七，剛巧又看見他的赤鼻子——多噁心的鼻子呀！

於是我也不吃了！我放下了筷子！

後來，從張七的家裡出來的時候，陸志明就問我：

「你的肚子痛麼？」

「唔！」

走了一陣，我問他：

「可是你呢？」

「我沒有痛。」他說。

「那麼剛才你為什麼不吃？」我有些奇怪。

這時候，陸志明可挺了挺胸脯，乾脆地說：「我不希罕這種臭錢換來的東西！我的爸爸說，張七的爸爸囤白米，發了國難財！他的錢，是人家的血，我不希罕！」

我聽呀聽的，感動極了。

我想，要是鄭鐵民在這裡，那一定會……

十二月　「故事大會」

每年，在學期的中間考試以後，學校裡總是開起隆盛的「故事大會」來。故事大會在大禮堂裡舉行，先由先生們講故事，然後由我們小朋友來講，每級有一個小朋友做代表，起來講許多快樂的、有趣的、悲哀的小故事。今天是開學第四個月的第一天，是指定開故事大會的一天。

今天有四位先生講了四隻故事，都是關於生活修養方面的，而且都說，是從文藝作品裡取選出來的。

首先，是李先生講了一隻〈懶水鼠的故事〉。懶水鼠多麼幸福呀，她出嫁了以後，住在她丈夫替她建造的洞穴裡，她要吃東西，丈夫替她找，她要吃許多東西，丈夫替她找許多東西，最後她的丈夫在找東西的時候給人打死了，但是懶水鼠不哭，懶水鼠還有兒子，懶水鼠叫她的兒子們出去找東西給她吃，吃呀吃的，懶水鼠肥胖了，她的身子變得笨重了。有一天，鄉下的農夫把田岸搗碎，懶水鼠的巢也給搗碎了，她的兒子們都溜了，只有她，因為只會吃不會走路，給人們用鉛絲穿住了背脊，很淒慘地把她處死！

「所以一個小朋友不能依賴人，否則總有一天，他會像懶水鼠一樣，會得到悲慘的結局！」李先生這麼說。

第二位起來講的是我們滑稽的英文教員姜先生，他講的故事是〈紅蘿蔔鬚〉。

原來紅蘿蔔鬚是一個小孩子的名字，這個小孩子的母親死了，他的爸爸另外又娶了一個女人做紅蘿蔔鬚的後母，後來這個後母親生了一個弟弟和一個妹妹，後母很愛自己生的孩子，不愛紅蘿蔔鬚。紅蘿蔔鬚的弟弟和妹妹都可以念書，紅蘿蔔鬚自己卻只能在家裡打水和淘米。他和狗住在一起，他管著雞棚和牛棚。當晚上，天很黑，外面有響聲，很害怕的時候，後母總是叫紅蘿蔔鬚出去查看，還做出奇怪的聲音唬嚇他。紅蘿蔔鬚給後母譏諷慣了，敲打慣了，就變成了一個很傻的呆子。——環境是多麼重要呀，如果紅蘿蔔鬚的自己的母親沒有死，那麼他一定也是個聰明的孩子呢！

「可不是麼？」第三位講故事的陸先生跟著說，「我也來講一個環境教育的故事吧。我的故事題目叫〈表〉，這是由一個外國人寫出來，由我們中國的老文學家魯迅老公公翻譯的。」

〈表〉的故事很動聽。原來有一個流浪街頭的野孩子，脾氣很壞，很會吵鬧，會得說謊，也會偷人家的東西。有一天，他在街頭偷了東西，給關到警察局裡去。恰巧在警察局裡，他又偷了一個酒醉鬼的表。第二次，警察局把他送到教養院裡去，他便偷偷地帶了那只表，準備隨時逃脫。後來他把表暫時埋在教養院裡的空地裡，可是不久，給大堆的柴爿壓住了。他想逃走，但是表在柴爿的底下，不能走。這樣，不知不覺的，住了幾個月，因為他的同伴都是講禮貌的好學生，在這些日子裡，他們教養他，感化他，把他的性格完全改變了，最後就變成一個像他們一樣的好孩子。他知道以前的錯誤，就在柴爿移出的一天，偷偷的掘出了表，又想盡種種的方法，歸還給那個原先的失主，但這時候，他已經不願意再從教養院裡逃走了，他要做一個好孩子了。

「環境是多麼重要呀，」陸先生最後說，「所以我希望小朋友們不要有壞的朋友，壞的朋友也會教你生出壞的念頭！」

最後由校長先生起來講，他講的是一篇張天翼做的童話〈大林和小林〉。大林和小林是弟兄倆，他們很窮，但是後來大林做了一個富翁的野兒子，大林變成富翁了，而小林呢，還是一個窮孩子，他在大林的工廠裡做工。大林快快活活的坐在安樂椅裡，吃呀喝的，都是工人們的血汗，工人們窮得沒有飯吃，但是大林卻不管。……「哎呀，現在的社會正是這樣的社會！」校長先生說。「小朋友們，你們的爸爸是怎麼的呢？我想，你們的爸爸，哎呀，不是富翁一定就是窮人囉！哎呀，你們要想想，你們的爸爸怎樣去賺錢的呢！有錢的小朋友可不能驕傲，要像沒有錢的一樣，要用功！沒有錢的小朋友更要體念父母的辛苦。哎呀，許多小朋友的爸爸，因為沒有錢，所以不給孩子們念書了，多可憐呀！哎呀，多可憐呀！」

這時候我就想到了張七的爸爸，那個肥胖的大肚子，那是可怕的大林，而鄭鐵民的爸爸呢——那不是就像小林一般的可憐的人麼！哎呀！哎呀！

一月　寒假

一轉眼，又是放寒假的時候了。

我們的級任女先生在上最後一課的時候，她說：

「孩子們，寒假又要開始啦，可是在今年的寒假裡，我要回到鄉下去，從此以後，我就不能和你們見面啦。」

孩子們聽著聽著，誰都呆住：為什麼這樣和藹的好先生又要離開我們呢？我們的心裡都覺得難受，我們都要想問，可是誰都沒有開口。

我們的級任先生是在上學期來的，來的時候，她很肥胖，可是後來一天天的瘦削，變得常常有了咳嗽。她的家，租在我們六年級的老同學朱文的家裡，朱文說，她有兩個孩子，她的丈夫早已死了，她白天在學校裡教書，孩子們由她的婆婆來看管。可是朱文的媽媽總是說：教書得來的錢能有多少呢？上海的物價天天在飛漲，教她們怎樣生活下去呢！所以後來，她的大孩子也不念書了，一天到晚的，替人家抄寫著字。再後來，他們常常吃些粥，怪可憐的……

現在，在教室裡，我們的級任先生呆呆地提起了頭，用微弱而留戀的目光把我們掃了掃，好像在說：「好孩子，我多麼不忍——我不願意和你們分手呀！」

可是生活，可是我們的級任先生卻為了生活而不得不離開我們啦！

我從座位的空行裡看出去，我看到了頑皮的小狗子也低下了頭，端端正正的坐著，我知道小狗子也在悲哀吧，也在難受吧。然後我又偷偷地，偷偷地瞧瞧級任先生，我瞧到她的眼眶那裡有些紅潤，眼睛裡特別亮——呵，我們的級任先生快要掉下眼淚來了呢。

這一課，終於等不及散課鈴敲打，先退了課，我知道我們的級任先生，一定要回到家裡去痛哭一次的。

這天晚上，我回去告訴姊姊，姊姊說：

「等你考試完畢，和你一同到朱文同學的家裡去看看她。」

寒假的第一天，我和姊姊一同去看級任先生。姊姊買了許多東西，裝在一隻布袋子裡。姊姊說：

「看見級任先生，就要恭恭敬敬地鞠一個躬！」

可是一走到朱文老同學的家裡，朱文的媽媽卻告訴我們：在三天前的晚上，她們全家都搭乘火車回到徐州去了。」

姊姊嘆了一口氣——哎！

我們只能又走回自己的家裡。——多難受呀！

在桌子上，姊姊把布袋裡的東西拿出來：布疋啦，洋襪啦，麵包啦，……這些預備送給級任先生帶回去的東西。

但一看見麵包，我就想到了鄭鐵民。有一天的晚上，我不是在夢裡把一個大麵包送給鄭鐵民的麼？

於是我向姊姊要了那個大麵包來，用一張雪白的洋紙包著，我要送到鄭鐵民那裡去。

雖然天氣這麼冷，但我想，鄭鐵民一定還在赤著膊，握著那柄笨重的斧頭，砍著堅硬的柴爿吧。鄭鐵民真是個好英雄，在寒假裡，我要幫鄭鐵民去劈柴爿，我要站在鄭鐵民的爸爸的面前，讓他粗糙而骯髒的手——不，神聖的手，摸著，撫摩著，永遠撫摩著……

可是走到那草棚的門前，我敲著門，卻沒有人來開門。

我到陸志明的家裡去問陸志明，陸志明卻說：「他們在昨天搬到姑母的家裡去住了。」

「姑母的家裡在哪裡呢？」我趕忙問。

「在鄉下，在安徽蕪湖的鄉下。」

「那麼就不預備出來麼？」

「看情形是不會再出來了。」

失望，失望，到處都是失望，我覺得我是世界上最最不幸的人了。要是我在家裡的話，我一定會嘩啦嘩啦的哭，痛痛快快的哭！

但這時候，陸志明卻從一隻櫃檯裡拿出了一把小斧頭，他說：「鄭鐵民臨走的時候，他送給你一把小斧頭，要我交給你。他很惦念你，可是他不願意留下通信處，他說，他的姑母要是討厭他們倆，那麼他們還要到別的地方去，像海水一樣的漂流出去。」

「唉！」我撫摩著鄭鐵民送給我的小斧頭，就像那一天，那鄭鐵民的爸爸撫摩著我的一樣。

我默默地在心裡說：「都是為了生活呀！——多麼殘酷的生活呢！」

我覺得鼻子那裡有些酸，眼睛裡有水，看出來有些糊塗了，我就把那個大麵包送給陸志明，我回來了。

回家的路上，恰巧又碰見可惡的壞蛋，張七和小狗子，他們正同坐在一輛新買來的小腳踏車上，嘴裡嚼著噴香的巧克力糖。

當小腳踏車在我身邊閃過的時候，張七「烏拉拉」地，故意吹著怪響亮的口哨。可是我不去理睬，我連頭也不回，一直往前走，在我的右手裡，緊緊地握著那把小斧頭——那可以砍掉一切的鋒利的小斧頭！

鼻涕

小禿子和小痳子一樣，總是拖著兩條又綠又濃的老鼻涕。老鼻涕拖在嘴唇上多討厭喲，多骯髒喲！可是小禿子不討厭，他一點也不覺得齷齪。當他覺得嘴唇那裡癢癢的時候，他就很隨便的用一些氣力：

「嘶——」

把老鼻涕縮到鼻管裡去了。

唉唷，那麼又綠又濃的老鼻涕，裝在鼻管裡，多難過喲，叫人多難受喲！可是小禿子不管，他不願擲掉它，還是讓它縮到鼻管裡去。後來鼻管裡的鼻涕越積越多了，越多越重了，於是小禿子就讓它慢慢地再從鼻管裡爬出來，爬得很輕，一不小心又爬到小禿子的嘴唇上了。一到了嘴唇邊，小禿子又覺得癢癢的了，於是小禿子再隨便的用一些力：

「嘶——」

又綠又濃的老鼻涕又鑽到小禿子的鼻子裡。在上課的時候，總是聽到小禿子的收縮鼻涕的聲音：嘶——，嘶——。要是颳風的冷天，小禿子就更忙：那兩條老鼻涕不管小禿子在寫字，或者是在看書，它總是不客氣地探出頭來，要想鑽到小禿子的嘴裡去。老鼻涕往下一鑽，小禿子就嘶——，一鑽，嘶——，一鑽，嘶——，小禿子的精神多偉大喲！我想來想去，只有美國大總統羅斯福才可以及得上他——及得上他的偉大！

譬如說，我們同班的那個小麻子，他也有兩條老鼻涕，可是小麻子就不偉大，小麻子要吃鼻涕，小麻子還要揩鼻涕。當老鼻涕拖到小麻子的嘴唇那裡，小麻子就會：

「嘰咕——」

他乾脆地把老鼻涕吞到肚子裡去了。

有時候小麻子剛吃飽了飯，肚子不大餓的時候，他就不高興吃。不高興吃的時候，他就乾脆地用右手的衣袖往嘴唇上一抹：「嚓——！」那兩條老鼻涕就不見了。啊呀，真是，多可惜喲，那兩條粗朗朗的老鼻涕到哪裡去了呢？要是誰找到了它，再去掛在小麻子的嘴唇上，那就多漂亮喲，多舒服喲！可是不忙，你只要再等一會，多等一會，大概是寫兩個中楷字的光景，小麻子的鼻涕又出來了。

那新鼻涕，跟老鼻涕一模一樣，往下拖，拖，一直拖到了小麻子的嘴唇邊。那時候，唉唷，小麻子可怎麼辦呢？快呀！快呀！只要小麻子隨便用一些力，往上面一收，不是也跟小禿子一樣的收到鼻管裡去麼？不是也可以做一個羅斯福了麼？做一個羅斯福多偉大喲！

可是小麻子不偉大，小麻子不要做羅斯福，他只能用舌頭向上面一舐：

「嘰咕——」

那兩條新的老鼻涕又給他吞下去了。以後再等一會，又有兩條新新的老鼻涕出來，再等一會，又有兩條新新新的老鼻涕出來。好在小麻子的鼻管裡聚藏了許許多多的新新新新的老鼻涕，小麻子不在乎，犧牲了兩條四條，也不覺得什麼的。不過小麻子的精神可不偉大，不像羅斯福，這是多麼可憐喲！

我一直在可憐小麻子，在大考的時候，在暑假裡的時候。

在暑假裡，日本鬼子給我們打敗了，馬路上的人都放爆竹，許許多多的汽車在遊行，一家家的商店高掛了國旗，我們的晒臺上那隻老公雞也快活極了，它叫的聲音特別響亮，叫人聽了多高興！

這天爸爸也高興地回來說：「世界變了！世界變了！」

我想：小麻子那兩條老鼻涕可有沒有變呢？要是小麻子也像小禿子一樣，把鼻涕慢慢地往鼻管裡一收，那——啊喲，世界可真的變了，世界上可多了一個羅斯福了！

可是學校一開學，劈頭我注意小麻子的鼻涕沒有變：小麻子還是「嘰咕——，」或「嚓——」的一聲，把鼻涕抹在他的袖口上。

第二天，小禿子也來上學了，我一見了他，卻使我吃了一驚：小禿子的鼻涕到哪裡去了呢？

我再仔細地看看小禿子，小禿子身上的東西什麼都變了，多變了！以前小禿子穿的是破舊的藍布衣服，現在卻是筆挺的小西裝了。那小西裝的領口還有一隻黑蝴蝶躲在那兒，說話的時候，就跟著他的嘴巴一歪一斜的。小禿子多漂亮喲！小禿子的皮鞋多亮喲！小禿子的身上什麼都改變了，連那兩條老鼻涕也沒有了，不知道到什麼地方去了。——這世界可真的變了麼？變了麼？

頂頂奇怪的是連小禿子的神氣也變了，他不大高興跟人家混在一道了。他的臉上多驕傲呀。以前小禿子的禿頭上誰都可以去摸摸玩玩，可是現在不同了，要是誰的手碰到了小禿子的禿頂，小禿子就大聲地嚷

「哼，告訴先生！」

而我們的級任陸先生呢，也跟以前不同了：以前陸先生總是瞧不起小禿子，說小禿子頂骯髒，頂笨，品行頂不好，現在陸先生一瞧見小禿子哭喪著臉走進來，他就趕忙站起，好像陪不是地，小聲小氣的跟他說：

「胡噢，又給誰欺負了麼？那是誰？是哪一個壞孩子？胡噢，你坐在這裡，胡噢！」

於是陸先生的臉朝門口那兒一斜。門口那兒站滿了小朋友，陸先生凶狠地看了一眼，然後大聲地吼：

「胡噢，你們——快走開！胡噢！」

小朋友們都嚇得跌出來了。有幾個來不及跨樓梯，像菱角一般地滾下來，但是連叫一聲「阿伐」都不敢。小麻子也滾在地上，連那兩條新新新新的老鼻涕也跌得遺失了，他來不及到地上去找，就很乾脆地用手在地上一撐，站起來，逃到院子裡去了。

我們都嚇出了一身汗。

我們都莫名其妙的待在院子裡，大家嘁嘁喳喳的小聲地問：

「這到底是為了什麼喲？」

「小禿子為什麼會這樣神氣呢？」

大家都不明白。

一直到第二個星期，當級任陸先生上國文課的時候，偶然講到了東北九省的接收工作時，陸先生才說到了小禿子的爸爸，他說：

「胡噢，你們知道李行（就是小禿子）的爸爸麼？胡噢，胡噢，他也是一個接收大員呢！胡噢！接收大員就是派出來接收敵人的東西的！胡噢！那是一種偉大的工作，李行的爸爸真是了不得，了不得，胡噢！前幾天，我也碰到了他，他說，你們學校的校舍太窄了，他預備在兩個月後，把接收來的房子送一幢給我們，胡噢，多慷慨呀，多偉大的作風呀！胡噢，胡噢！……」

陸先生的眼光常常落在小禿子的身上，好像說：胡噢，多偉大喲，是「接收大員」的兒子呢！

而小禿子，可板起了臉，不動聲色，連那領口那兒的黑蝴蝶也一動也不動，連那嘴唇上的兩條老鼻涕也逃得無影無蹤了，好像說：接收大員的兒子是不作興有鼻涕的！不作興輕易動一動！不作興跟旁人說一句！不作興……

這個世界真變了，變得多厲害喲！

這個世界真變了：以前的羅斯福作興拖鼻涕，現在的羅斯福不作興拖鼻涕！

兩個月後的一天，是接收大員答應送房子給我們學校裡的時候了。在那一天，校長先生特地召集全體小朋友，開了一個歡迎會。可是在歡迎會上，接收大員卻這麼說：

「各位小朋友，唉，今天我很榮幸，來出席你們的歡迎會。呃，嗯，上一次，呃，以前，我曾對你們的陸先生說，我要，嗯，要送一幢接收來的房子，給你們——給你們的學校。可是，唉，事情偏偏又不巧：最近我第二次，呃，我又結了婚，嗯，我自己的房子也不夠用，所以，唉，真是，我想，你們學校暫維現狀，暫維現狀，不然，再過一個月，等我再接收……唉，不過對於你們學校，嗯，真是太那個了，太……太……」

校長先生和陸先生還是陪著笑，恭恭敬敬地送他到校門口。

在上課的時候，陸先生還是陪著笑，時不時把眼光落在小禿子的身上。小禿子連頭也不動一動，時不時用一塊小手帕，很規矩地抹著他的小嘴唇：接收大員的兒子，不作興再有鼻涕拖下來的呀！

可見忽然有一天，小禿子的爸爸忽然到我們的家裡來了，他忽然帶來了一個新婚的太太——一個接收大員的太太，一個漂亮的好太太。後來爸爸告訴我，小禿子的爸爸是他中學時候的同學，那新婚的太太是一個舞廳裡的舞女，因為小禿子的母親不好看，不會喝酒，不會跳舞，所以他又跟那個漂亮的舞女結了婚！接收大員作興在外面找漂亮的太太啊。

可是李行呢——那個小禿子呢？

小禿子仍舊是一個接收大員的兒子。小禿子仍舊是不作興有鼻涕，小禿仍舊是板起了臉，規規矩矩地坐著，瞧不起一切的小朋友。

一個月以後，真的有一幢新房子送給我們的學校了。校長先生和陸先生很忙，叫小朋友們掃地揩玻璃，我們的級任陸先生說：「明天，胡噢，就在明天，胡噢，要開一次歡迎會，歡迎會啦！胡噢！我們要，歡迎那個，胡噢，送房子給我們的好先生！胡噢！胡噢！」

第二天，這是我們搬到新房子裡念書的前一天，我們在學校的大院子裡，排齊了隊伍。小麻子站在我的旁邊，我來不及看他的鼻涕，我在看那花花綠綠的國旗，那些國旗飄呀飄的，就像一個新娘子身上的兜紗，給輕快的風飄著，飄著，多好看啊。小朋友們的臉上都浮起了一朵朵的笑容。

歡迎會開起來了。校長先生說了許多感謝的話，他宣布明天就要到新屋裡去上課。小朋友們高興極了，都拍手了。只有小禿子不拍，他規規矩矩地站著，連領口那兒的黑蝴蝶兒也一動都不動。

最後，校長先生說：「現在，我介紹小朋友程傑（小麻子）的爸爸，來跟我們說幾句話。程先生是一個苦學的工程師，我們謝謝程先生送給我們這樣好的房子！」

啊喲，原來送房子給我們的，不是接收大員，是小麻子的爸爸呢！

全體的小朋友們都拍手了。大家很驚奇的看看小麻子。這時候，小麻子的鼻涕剛巧拖到嘴唇，就索性用舌尖一卷，「嘰咕——」的一聲，吞到肚子裡去了。

小麻子的爸爸真好喲，真偉大喲！

我們要打倒那個滑頭的接收大員！

我們要打倒小禿子！那驕傲的小禿子！

我們的眼光都凶狠地擠在小禿子的身上。我們用手在自己的臉上劃，做著鬼臉。小禿子紅了臉，眼睛那裡有些潮濕，兩條又綠又濃的老鼻涕忽然打鼻管裡鑽出來了，我們忽然冷冷地笑起來了。

可是這一次，小禿子的老鼻涕一直掛下來，沒有縮回去，一直掛到了嘴巴裡，領口那兒的黑蝴蝶一抽一抽地，就忽然「哇——」地一聲哭起來了。

小禿子多不要臉喲！多醜喲！

小麻子才是一個大好老，他索性嘰咕嘰咕的吃鼻涕，他真是一個乾乾脆脆的偉大的羅斯福！

大地山河

有許多人總以為外國的東西特別好，甚至以為外國的月亮要比中國的大，外國的臭蟲要比中國的香。所以他們一心一意想到外國去，即使談不上留學，去看看外國的都市，去逛逛外國的山水也是好的。

其實說到山水，我們中國的山水何常差於外國的山水呢？中國擁有無數的名山大川，而且它的區域，直從炎熱的地方伸張到寒冷的地方。當海南島上的孩子們流著汗，讀著書的時候，海蘭泡的孩子們，正在黑龍江畔溜著冰。當烏里雅蘇臺的孩子們，正跟爸爸騎上駱駝，走在黃沙萬里的沙漠裡的時候，臺灣省基隆的孩子們，正憑著東海的海濱，講述著神奇的故事。長江在江蘇省張大了嘴巴，似乎在嘔吐滿肚子的清水，然而它的尾巴卻一直拖在遙遠的青海省。沿海一帶的孩子們，已經穿上了西裝，那窮鄉僻壤沙漠地帶的孩子們，卻還天真得把汽車當做了天狗，把飛機當做了一隻大鴕鳥。

試想想看，是這樣地大物博，無奇不有的中國，即使你奔跑了一世也走不盡的中國，即使你搭在飛機裡滿天空的飛，飛了一年也飛不盡的中國，——是這樣的中國，你能說中國是不值得你徘徊留戀的麼？你能說中國的大地山河，是比不上外國的美麗麼？

——原刊一九四七年二月二十七日《上海小朋友》第八二九期

幸福島

（一）金山

我生長在金山縣的呂巷鎮，然而在金山縣裡卻找不到一個可以遊覽的山。小時候我常常幻想著：山是怎麼一種崇高的怪物呢？也許山的尖頂可以直達到天上，因為天上有雲，而山的尖頂上布滿了雲。後來，我又聯想到騰雲駕霧的仙人的故事。我從街頭流行的連環畫上，看到了許多在雲堆裡走路的仙人，他們不費絲毫的氣力，可以坐在雲上，一霎眼到了上海，再一霎眼可以飛到美國去。我想，要是金山縣裡有了山，那麼多麼值得我自己驕傲的呢？我也許不辭艱辛，用我全身的氣力，從山腳下一直爬到山頂。於是我在山頂上捉住了雲，讓自己的腳踏上去，站立在潔白的雲朵上。然後我吹一口氣，把雲朵從山頂上推開，不知所云地飄、飄，一直飄到我心裡想念的美麗的地方去，我想，人類又何必發明飛機呢？飛機只能搭有限數量的人，而山——那走到雲船裡去的山，卻可運走無數的人，而那雲朵的廣大也是一望無垠的，它可以載全世界的人類，不分種族，也不分貴賤，無拘無束地飄、飄，一直飄到人類所要願意去的地方。

如果人類有一個理想的幸福島，那雲是可以隨著你的意志，飄到那幸福島裡去，不限人數，更不限等級——他是一位普渡眾生的救世主。

我多麼渴望著能夠有一座金光燦爛的巍峨的山呀！

（二）碧海

十四歲的時候，我離別了母親，孤零零地，來到朱涇的金山縣中念書。那時候我常常懷念著家，因為懷念，一種憂愁的感覺直刺到我的心頭，我從憂鬱而變得孤獨，常常一個人靜悄悄地躑躅在那塊操場的草地上。於是一次又一次，我用手臂做了枕頭，仰天躺在空曠的原野裡，傍晚的原野顯得那麼靜謐，兩三雙烏鴉打碧色的天空裡飛過，淒然地一聲長鳴，更增添了原野的無限寂寥。可是我愛那樣的空曠和寂寥，我自在地躺臥著，仰眼眺望著遙遠的天際，使我感染到無窮盡的人生的熱意。是的，我舉眼看到美麗的雲霧，我便聯想到人生的美麗和灼熱的企圖。

我把我的眼睛睜大，圓圓的，穿過了萬里的長空，我看到了碧色的天。晚霞帶著玫瑰的紅彩，星羅棋布的躲在碧空的處處。碧色的碧空就好像一片汪洋的海，而玫瑰色的晚霞就好像是散處在碧色海洋裡的島國。「海」，我在自己的心裡說著，「海應當有著怎樣遼闊的距離呢？我不能用尺來量，我不能用眼來看，但海，他是一邊接連了天涯，一邊接通了地角，它也許是一張無邊無底的太極圖啊！」

我呆呆地眺望著天海，眺望著彩紅的晚霞，我就好像置身於大海之中，我看見了海水裡各種奇怪的動物，我聽到了海潮的澎湃，海鷗的吶喊，但那好像是集合了起來，成為一種音樂的節奏，我的寂寞的心便開始激奮了起來，我覺得我是那麼愉快地在海裡跋涉，我披波拒浪，用盡我全身的氣力，在海的碧波上勇猛地前進。我這樣在碧色的大海裡到底為了什麼而忙碌呢？到底在那空曠的波濤裡摸索到了什麼呢？

「找尋幸福島！」

我這樣回答。

音樂的節奏引領著我，我不辭艱辛，跋涉著，惟有在這樣的跋涉裡，我並不感到內心的寂寞。我好像萬千的人都跟隨了我，他們熱烈地慫恿我、指導我，訴說著走向幸福島的路途，「是的，幸福島，那不是一個人的幸福，那是個萬千個人的幸福島，那是全人類的幸福島！」我終於猛然地醒悟了過來。

於是，我感到了無上的愉悅。

——原刊一九四六年十月十三日上海《申報・春秋》

金山是個好地方

——寫給金縣的小朋友們

小朋友們：

你們好！我是你們的老鄉。七十八年前，我出生在本縣呂巷鎮新東街一戶姓徐的知識份子家庭裡。父親是呂巷坤華女子小學的教師，在我四歲時去世。我在呂巷中心小學畢業後，就到朱涇鎮的金山縣立初級中學念書。初中三年級下學期時，我才離開金山，轉到上海的光華大學附中學習。但是我母親一直住在呂巷。一九七七年我母親去世前，差不多每年我都要到金山來一次。

金山是個好地方。這不僅因為金山是魚米之鄉，而且更因為在金山可以說是人才輩出。別的不說，單說我在金山念書的兩位老師。記得我在呂巷小學念書時，教我手工繪畫石刻的沈老師，能繪當時俗稱「月份牌」的美女工筆劃和魚鳥花卉水彩畫，能刻石質或假象牙的各種大小圖章，能用馬糞紙、竹片、火柴盒或雞蛋殼製作各種小巧玲瓏的小玩具或日用小盛器。他使我大開眼界，誘發我勇於探頭窺視藝術的殿堂，使我從小就歡喜多動腦筋，鋸鋸削削，塗塗畫畫，刻刻印印。到了初中念書時，一位姓金的老師給我留下終身難忘的印象：他教課堂作文，常出怪題，比如〈手〉〈在金山衛海灘上〉〈木偶匹諾曹跟我們一起學習〉之類，啟發我們敞開想像的翅膀，大膽地寫。還鼓勵我們多寫課堂以外的作文，越多越好，他都看了批改。有一次他看到我日記裡說起正在編一本《世界之最》的小冊子時，就立刻主動來找我，鼓勵我鉛印出版，還支助我排印費，和我一起，到朱涇東街的「兩宜齋」文具印刷紙張商店去聯繫，終於印成了一本六四開二十頁的小小冊子。這使我如醉如癡地開始沉浸在閱讀和寫作的課外活動中，後來我終於走上了文學藝術和文化出版的道路。

半個多世紀來，我每想到故鄉金山，總是非常激動地想到他們倆。他們以真才實學影響我，讓我在他們的熱情教導下走向社會，走向這個廣闊的天地。

金山真是個好地方！

——原刊一九九四年十月

上海市金山縣少年宮《金絲鳥》報

甜了嘴巴苦了腿

我的父親是小學教師，我在四歲時患肺病去世。當時母親才三十二歲。母親在農村長大，是貧農的女兒，從小出門拾破爛，沒有上過學。打十歲開始，母親在外婆的點撥下，學會了「搖花」（紡紗）和織布。

別看我母親沒有文化，目不識丁，她能在父親去世後擦乾眼淚，咬緊牙關，白天起早織布，晚上摸黑糊「元寶」，用她辛勤的手工勞動，培養我和哥哥在小學繼續念書。

當然，在那些日子裡，我們生活得很苦。母親從來不給我一個銅板的零花錢。可是在放學回家的路上，每次走過南貨店（食品商店），看到那些放在櫃檯一側大玻璃瓶裡五顏六色的水果糖時，總是惹得我不由自主地放慢腳步，直冒口水。

有一次星期天，母親叫我去鄉下，把一段剛織好的花布送給外婆。外婆非常喜歡我。她看到我一口氣走了三哩路（大約一千五百米），額上還淌著汗，就給我水喝，還從一個布包裡小心翼翼地取出一顆水果糖給我。我定睛一看：呵，這正是我久久想望著的逗人喜愛的水果糖呀！

從此以後，只要我嘴饞，即使在放學以後的傍晚，也會去鄉下看外婆。

這件事後來被母親知道了，她倒沒有責備我，只是笑我嘴饞，還用右手的食指指著我說：

「你呀，走六哩路來回，吃一顆糖，真是——甜了嘴巴苦了腿！」

——原刊一九九七年十二月六日上海《文匯報・星星島》

黑白記

題記

我們到處可以看見黑和白。

房屋的屋頂有黑色的瓦，可是牆壁卻是白色的。腳下的泥土是黑色的，可是太陽的光線卻又是白色的。衣服有白色也有黑色，人種有白色也有黑色。黑色和白色實在看見得太多了。

可是有誰能夠指出：這黑色和白色在顏色以外的分別麼？

房屋的屋頂固然蓋著黑色的瓦，但如果把牆壁也塗了黑色以後，那人們便要厭恨這種黑屋子了吧？腳下的泥土固然是黑色的，但如果太陽也變了黑色，失去了白色的光彩，那麼地面上一切的生物將都會死亡了吧？

黑色常常是汙穢的代表，白色卻是令人喜愛的潔淨的色素。在描寫人類的各種形容辭句裡，有黑良心的人，有坦白的人，這裡的黑色和白色，便是象徵了凶惡和善良，憎恨和可愛，罪孽和德行。

在下面的一個故事裡，其中有一個人的名字叫做黑寶，另一個人的名字叫做白寶。他們是兄弟倆。然而他倆的個性正如這黑白的兩種顏色，有著完全不相同的分別。但正由於這種不相同的性格，產生了許多可歌可泣的故事。我們讀著這個故事的記載，於是我們便懂得：什麼是罪惡的憎，什麼是偉大的愛！

這故事最先產生在成吉思汗的故鄉，我們中國的北部——蒙古。流傳在蒙古時代的故事的題目，是叫做〈剖開巴卡基的姑娘〉①，它在朝鮮的高麗時代，流傳到朝鮮，於是更充實了故事的內容，變成了更加複雜而美麗的作品——〈興夫傳〉。當在蒙古時代，在〈剖開巴卡基的姑娘〉的題目下，故事的內容大概是這樣的：

以前，在某一個地方，有一個姑娘。

有一天做著針線的時候，燕子從巢裡掉下來了。

她覺得很是可憐，便用線把創傷了的燕子的腳縫起來，於是燕子便飛去了，過了一些時候，燕子帶來了巴卡基的種子。

這裡，姑娘種下了種子。

在秋天剖開了巴卡基的果子，卻出來了許多的寶物。

鄰家住著一個壞良心的姑娘，眼見了這樣，便想仿效，捉了燕子特地折壞了它的腳，再用線條把它繫起來。

可是，從那燕子給她的巴卡基裡出來了毒蛇，把這壞良心的姑娘咬死了。

——這是故事的全部內容。

根據這樣的內容，在朝鮮，便產生了〈興夫傳〉的故事。

然而〈興夫傳〉是為了朝鮮的人們寫作的，那裡面充滿了朝鮮古時候的風俗和人情，是為其他國家的讀者們不易理解的，所以本書的作者張赫宙氏，根據了〈興夫傳〉，認真地予以再度的改寫，成為日文本的〈福寶和諾羅寶〉②，削去了那些朝鮮古代的風俗和人情，使朝鮮以外的各國的讀者都能夠欣賞這故事的內容，理解這故事的主題。

現在從日文再翻譯到中文，那就是說，把我們祖國的原有的遺產，在經過許多年代以後，經過了長期的保存和幾次的修理以後，重新從外國運回來了。這是我們自己的東西！是用我們蒙古人祖先的血液創造出來的！

為了要使中國的讀者容易理解，讀者把日文書的題目，依照角色的個性，改成了中國習慣的人名：白寶和黑寶。至於「記」字的意思，那正相同於〈輿夫傳〉的「傳」字。

這樣，〈黑白記〉便躺在中國讀者的面前了。

范泉

一九四三年二月

第一章　壞良心的黑寶

黑寶生來就是個壞蛋，貪心不足的，他的弟弟白寶，卻是溫順老實，並且還敬愛著哥哥。

黑寶歡喜惡作劇，躲在人家的旱田裡，用鐵針來穿著瓜兒，或是用石子來丟扔西瓜，開著玩笑。

每看到這樣的白寶，總是勸哥哥：

「哥哥，別這樣了吧。好好的瓜兒，這樣一來不是壞了麼？」

於是，黑寶脹紅了臉，罵白寶：

「胡說！哥哥做的事，不要你多嘴！」

哥哥這樣地咆哮以後，白寶便完全心慌起來，不知道怎樣才好。

而且——

（是啊。違背了哥哥是不好的呀。）

他這麼想，總是覺得自己的不好。

這是炎熱的一天。

黑寶掮著鋤頭，慢慢地從家裡走出來。

（這，一定是哥哥要在今天出去勞作了吧。）

白寶一面這樣想，一面跟在他的後面。

就這樣的，白寶快活起來了。

看見哥哥第一次勞作，這到底是快活的啊！

（哥哥也許不會罵我吧，讓我愉快地跟在後面走吧。）

這樣，白寶一面想著，一面小心著步兒，跟在後面走了。

他想：哥哥的心情變了，因為他以前總是說，他不願意勞作。所以哥哥的心情是大大地改變了。

眼前是一片水田，生長著青青的稻，而在無論哪一片水田裡，都是灌滿了水。這裡是朝鮮的最南部的鄉下，在水田和旱田裡，只見滿滿地生長著茂盛的農作物。

而且，天空是爽爽朗朗的，小丘上的松樹，像洗濯過一般的美麗。

「到哪裡去呢——」

黑寶突然向四野裡看，便把鋤頭從肩上取下，在一片水田的田岸上立住了。

（在這裡，哥哥一定要開始勞作了吧？）

白寶笑容滿面地，在距離得遠遠的地方，偷偷地嘟嚕著。

可是，正以為要鋤掉水田裡的草的時候，

黑寶卻冷不防地，用鋤頭把田岸爬了開來。因此，田裡的水哄龍龍地流出來了。

「啊——」白寶吃驚地叫了。「請快快把水塞住了吧！」

這時候，黑寶用眼瞟了一瞟，咆哮起來：

「田裡有了水，稻是不會好好地長大起來的！」

（但這樣漏水，卻是不可以的呢！）

這麼想著，白寶便說：

「可是……」

然而白寶一說，黑寶卻又立刻怒吼起來，於是只得默默地不說了。

這麼著，把水田裡的水流得一滴也不剩。

眼看著這樣的白寶，倒是給弄得糊里糊塗的。

（在哥哥，也許有什麼正當的理由的吧。）

這樣地想著。但黑寶卻——

「水沒有了以後，田就乾了。」

黑寶得意地這麼說。

「而且，稻也乾枯了。」接著他又大膽地解釋。「稻乾枯了以後，農人們哭啦，憤怒啦，吵鬧起來啦。咱可挺歡喜看這麼一套！」

「啊！——」

白寶吃了一驚。

（不得了！要是現在不立刻停止——）

這樣地想著，便像做夢一般地說：

「哥哥，這不可以。叫農人們為難是不好的！」

說著，他走過去拉住了哥哥的衣裳。

於是，黑寶又咆哮：

「放手！你違背哥哥的意思嗎？」

他把白寶用力一推。

白寶便跌在水田裡，身上跌滿了爛泥。

可是他想：

（是啊，違背哥哥是不好的啊。）

這樣地想著，白寶便也作罷了。

但此外，黑寶卻還想出各種各樣奇怪的惡作劇。

例如：用石子丟到人家的瓷瓶裡面；在船底裡鑿穿了很大的洞；把泥塊塞進哭著的孩子的嘴裡。……

有時候還偷偷地走進人家的灶屋，把砂粒丟在燒飯的鍋子裡；或在很好的人行道上，掘了陷阱；或把不想買的東西討價還價，故意浪費了做生意人的時間。

不但如此，他還到失火的地方，用扇子把火扇起來；在出喪人家的門前，用特別響亮的聲音唱著歌兒。

這樣的時候，白寶總是勸哥哥：

「哥哥，這是不好的，請不要這樣吧。」

可是黑寶咆哮起來：

「要違背哥哥的意思嗎？」

白寶便給完全嚇倒了。

（是啊。違背哥哥是不好的啊。）

這麼地想著，便也只得作罷了。

於是，白寶長大了以後，成為正直而善良的人，但他的哥哥黑寶，卻變成貪心不足的壞良心的人。

不但如此，更長大了以後，娶了妻子，於是黑寶和妻子商量，想出了種種欺負父親和母親的事情。

眼見到這些，白寶便流著眼淚地說：

「這樣地欺負年老的父母……」

然後他勸告著黑寶：

「我們一天天的長大起來，不是都靠父親和母親的照顧嗎？所以我們要希望他們健康啊。」

可是，把父母不當父母的黑寶，卻威嚴地說：

「別多管閒事！要是我不放肆，那他們會欺負我們的。」

聽了哥哥的話，白寶便這樣想：

（可是父母的事情是不同的。）

於是白寶這樣說了：

「做兒子的，一定要聽從父母的命令呀。」

這時候，黑寶可非常憤怒：

「那樣的老東西嗎，已經不當他們是父母了！」

接著大聲地吼叫：

「此後我要代替他們。無論什麼，要聽我的話！」

這真是一個難題呀！

因此，白寶哭著哭著地，但卻不得不聽從黑寶的話。

可是當黑寶不在的時候，他卻真心誠意地去安慰父母，要他們保重身體。

父母因為給黑寶欺負，悲痛得不能忍耐，便都相繼地突然死去了。

白寶的悲哀是怎樣的呢？白寶哭了七日七夜，那麼悲傷地哭著，想念到父母的恩惠，想念到父母的慈容。

而且想，盡可能地把喪禮延長些日子。

但黑寶卻把喪禮很快地完畢了，一切都是非常的草率，還叱罵啼哭著的白寶。他不願意為了喪事而多費金錢！

已經失掉寵愛者的白寶，來到他父母的墓地，打掃得很清淨，還獻上了鮮花。

這時，黑寶走來說：

「家裡的財產，完全是屬於我的！」

這不是像吩咐一般說著的麼？

父母遺留下來的財產，到底是很多的。

（這不是叫我們兩個人平分的麼？）

白寶想著，心想對哥哥說，但終於這樣和善地回答：

「好的。只要我們都在家裡一起過活，財產什麼是沒有關係的。」

「哼！暫時住在我家裡是可以的。但是，如果不聽我的話，那要趕出去的啊！」

黑寶威氣十足地說著。

給哥哥趕出去是多麼不好啊，所以白寶從這一天起，用加倍的努力來工作。

給哥哥趕出去，非但沒有東西吃，而且兩個人將變得不像同胞兄弟了。他總是希望在同一個家裡，親密地生活著。

可是白寶的苦心，無論怎樣也不能使黑寶諒解。黑寶總是用工作不夠來申斥，或者用做事不周來怒。

此外黑寶又和自己的妻說：

「給白寶住在家裡，弄得米也不夠了。」

「是的。這樣多的孩子，也實在是討厭！」

黑寶的妻回答著。

黑寶沒有孩子，可是白寶卻已經有了四個孩子。

「這些人在家裡，單是食米也就夠你困難呀！」

兩個人在肚皮裡計畫。

「把這些傢伙趕出去吧！」

終於這樣地決定了。

可憐的白寶便被叫了過來。

「叫你來，不為別的，」黑寶已經完全惱怒的樣子，吩咐著，「即使是兄弟，決不會永遠住在同一宅屋子裡的。因此，限你在今天離開這裡！」

白寶驀地吃了一驚。呆呆地瞧著黑寶的臉兒發愣。

（我們一定做了什麼不好的事情吧，那是一定的。）

他這麼想：

「以後決不再做不好的事了，僅僅這一次，請您原諒了吧。」

好人的白寶拱著手這樣說。

可是黑寶卻：

「不，不行，絕對不可以！」

他把地板跳得支支地叫，還大聲嚷：

「不要多說，立刻就出去！」

已經是這樣，那簡直沒有辦法。

「是……」白寶撲落撲落地流著眼淚說。「我不怪你的生氣。因為一切都是我的不好。……」

「不錯。你既然知道自己的不好，那就趕快離開這裡！走吧！」

黑寶大聲地這樣咆哮著。

「是，現在就出去。」白寶突然俯伏在黑寶的前面哭了。「可是，一想到要離開哥哥，便覺得心痛。」

淚水嘩啦嘩啦地掉下來了。

但黑寶卻乾脆地回答：

「不，要是你不在，那我一定很高興。也不會想念，也不會悲傷。」

白寶便也不再多說什麼。他又回到自己的房間來。

一面走，一面在心裡想。

（太多說了，會叫哥哥生氣，是不好的。哥哥的身體也許會因此弄壞了。）

他以為：使哥哥不安心是不好的。

「但是怎樣辦才好呢？」

他和自己的妻子商量著。

「因為你決定要出走，那末我也沒有其他的意見。」

妻和白寶同樣是個好人。她一心想安慰著白寶，便這樣回答。

「可是，既沒有房屋又沒有米，到哪裡去好呢？」

白寶眼看著四個孩子，這麼說。

「還是試向哥哥和嫂嫂請求一些吧。」

白寶的妻說。

「這很好。為什麼我想不到這些呢？」

白寶責備著自己的愚鈍。

（哥哥一定會把財產分出一些來，那是一定的。）

他想。

可是，黑寶卻毫無情面地回答：

「這裡沒有分給你的財產！」

這裡，白寶的妻代替了白寶，向黑寶的妻請求。

可是依舊回答：

「不可以拿。什麼也不給你！」

這不是苛刻的話麼？

「沒有法子。就不帶什麼，走吧。」

「最初起，沒有什麼東西也沒有關係……」

可憐的白寶和妻這樣商量著。

於是第二天早上——

「那末，就這樣地走吧！」

白寶和妻，帶著四個孩子，來到黑寶的面前告別。

「討厭！要走就趕快走！」

黑寶有些憤怒了！

白寶他們吃了一驚，連好心的辭別的話也來不及說，帶了孩子，空著手，匆匆地走出去了。

第二章　白寶是個好人

可是，離開哥哥的家裡遠了，便就懷念起一直居住到現在的那房屋，以及哥哥和嫂嫂來。

因此白寶，在一條河的邊岸上，昂著頭，坐著：

「哥哥，我懷念著的哥哥啊！」

一面眼望著遠遠的，黑寶的大瓦屋的屋頂，一面卻哭起來了。

因為白寶哭得太悲慘了，所以白寶的妻也撲落撲落地掉下眼淚來了。

但是那四個孩子卻呆呆地，不懂得為了什麼。

而且那最大的女孩子說：

「肚子空啦，快些吃飯吧。」

接著，那第二個男孩子也說：

「我疲倦啦，快到家裡去睡吧。」

另外的兩個孩子也都吵起來：

「我的肚子餓啦！」

「我也是呀！」

對於這些孩子的要求，白寶實在為難極了。

肚子多少有些饑餓，可是一粒白米也沒有。身上已經感到了寒冷，可是家又在哪裡呢？

「弄到哪裡就到哪裡吧！」

「怎麼樣呢？」

白寶和妻相互地呆望著，可是毫無辦法。

就這樣地，太陽漸漸地往西方沉沒了。

「到處沒有給我們居住的房屋啊！」

白寶終於哭著這樣說。

「還有那樣親切的人麼？」

白寶的妻也這樣地嘆息了。

可是，白寶的妻的面孔突然光亮起來：

「不，這樣是不行的！」

接著她爽快地說：

「譬如，即使有那樣親切的人，也不能老是依靠著他。自己的事情一定要自己來幹！」

聽了妻的話，白寶便振作精神：

「對啊！別再糊里糊塗的，想想辦法吧！」

接著又說：「好，就從現在起，蓋一所房屋吧！」

說著便站起來了。

可是，這裡有很多的問題。

要是蓋房屋，樹和稻草都是沒有。

幸運的是，在離開村落很遠的一個小山的山麓上，找到了一塊僅有的空地。

「好，開始工作吧！」

白寶自己鼓舞著自己。

於是，妻到村落那邊去借稻草和繩子，白寶到山上去找柱子。

他們一心一意地工作著。

彎曲的柱子，細小的木棒，到黃昏的時候，這小小的房屋總算是完成了。

「這不是房子！」

「我要睡更好的房子！」

不懂得什麼的孩子們這樣說，把白寶弄得為難極了。

白寶柔和地勸他們：

「啊，這不是很好的麼？」

接著又這樣地安慰著：

「今晚上睡在這裡吧，從明天起，儘管把房屋修蓋起來。」

在小屋裡住了一夜的白寶，第二天，拼命地工作著，或修理著房屋，或重建了房屋，或用爛泥塗成房屋的壁。

房屋完成以後，這一回，便到村子裡去找工作去了。

剛巧是在秋收的時候，白天，他被人家雇用做日工，這樣一天一天地，總算養活了全家的人。自然白寶的妻也一同出去工作的。

然而秋收完結了以後，工作卻立刻沒有了。因為人們都在家裡安度著冬天。沒有工作，白寶便搓著繩子，或做著草鞋，以換取少許的金錢。同時白寶的妻，也幫人家洗濯或縫紉，這樣地工作著幫助了白寶，但因為這是小小的村落，要獲得很多的錢是不可能的。

因此到了冬季終結的時候，的確，連飯食也很困難了。

「不知道怎樣做才好。要想工作卻沒有事情，要想經商根本沒有本錢，實在是為難啊。」

白寶這樣說著，嘆息了起來。

「那些親切的村人們，也總是不能老叫他們幫助啊。」妻這樣地說。

可是即使想不依賴人，拿出自己的力量，但要是真的這樣，卻又是不行。

「無論怎樣再支持到春天，那就好啦。」白寶交叉著胳臂，這麼想。

「真是啊！」妻也這樣嘆息。「要是到了春天，那又有事情可以做了。」

現在，卻一粒米麥都沒有。

白寶和白寶的妻，自己都不吃什

麼，僅僅讓孩子們吃著，但這樣也沒有用處。

終於沒有飯吃的日子是來了。

於是無心的孩子們哭著嚷：

「媽，做飯吧！」

「肚子餓得慌呀！」

非但如此，一個孩子還說：

「我想吃好吃的切麵！」

別的孩子也跟著：

「我要喝肉湯！」

「我要餅呀！」

而且，那小的孩子把哥哥和姊姊的話當真了，哭著嚷著要吃點心。

不堪孩子們的哭鬧，白寶的妻哭了。

「已經是沒有辦法了。」最後她這樣說。「即使是麥子，也去借一些來吧。」

這樣地對白寶說。

「別說是麥子，就是粟子也沒有啦！」白寶用一種無望的聲音這樣回答。「你想，出去問哪一家人家借呢？」

「別的富有的人家，難道一家也沒有嗎？」

白寶的妻這樣說。

「啊，還不如到富有的哥哥那裡去借吧！」

白寶立刻回答。

「是的。到哥哥那裡，乞求他借一些吧。」白寶的妻說。

「那不。」白寶又立刻回答。

「要是知道我們這個樣子，那末，他終究是哥哥，不借是說不出來的。」

白寶的妻滿懷著希望地說。

「不，不是這些事情。」白寶說。

「不是，那末是什麼呀？」

妻詫異了起來。

「我擔心著哥哥的身體，所以我不希望哥哥知道我們弄到了這個樣子。」

白寶這樣地回答。

（他是多麼好的好人呵！）

白寶的妻想。

而且，她覺得，要白寶去借麥子，對於這樣說著的自己，有些羞慚了。

但此外卻沒有搭救的方法。因此她又一次地說出了這樣做的理由：

「要是知道孱弱的孩子們沒有飯吃，哥哥一定會可憐的。即使不說出這些，也已經很可以使哥哥憐恤的了。」

聽著這樣的白寶，便奮然地站起來：

「是啊！」

接著又說：

「那末，去吧。不過使哥哥悲傷是不可以的，所以……」

白寶準備到黑寶的家裡去了。

許久沒有見到了哥哥，所以穿著這樣的破衣服是失禮的。

這是破舊的衣服，必須更換整齊的衣帽去。

（我懷念著的哥哥呵！）

白寶懷念著哥哥而流出了眼淚。在立刻將和哥哥見面的喜悅裡，他的內心就別頓別頓地跳動起來啦！

第三章　給哥哥打了以後

白寶愈走近哥哥的房屋，對於哥哥愈懷念了起來。

（家裡有沒有改變了樣兒呢？）

（哥哥是很健康的吧？）

（嫂嫂呢？）

一面這樣地想，一面走著。

到了可以看見哥哥的房屋的地方。

那屋頂的瓦是新蓋上去的。

那泥牆也已重新改築了。

而且，房屋已經增加，那以前沒有的倉庫已經建造起來了。

（呀，真好！）

白寶的臉上放射了光彩。因為，他簡直像自己的房屋一般地歡喜著。

（哥哥的房屋變得那樣的大。哥哥一定很舒適地居住著。）

（因此，他會快活地迎接著我吧。）
白寶的心裡充滿了喜悅。
但到了大門前的時候，進去卻有點兒膽怯。
（以前，哥哥對我常常是憤怒著的。）
（現在是不是還記恨著我呢？）
（要是這樣，那麼我進去了，是多麼的不應該啊！）
他盡想著這樣的事情。
可是這樣的顧慮，在懷念哥哥的情緒下立刻消失了。他應當和久別的哥哥見見面呀！
白寶鼓著勇氣推開了大門。而且，一直走到哥哥的房間前面。
這時候，打裡邊傳出來憤怒的聲音：
「是誰？」
這不是懷念著的哥哥的聲音麼？
「哥哥。是我。」
白寶快樂地，說出了這樣的話。

「說『我』，——到底是哪一個？」

黑寶連屏門也沒有推開。

「是我。是弟弟白寶。」

白寶一面想著哥哥一定忘記了他的聲音，一面便高聲這樣回答。

「白寶？」黑寶這樣地反問。「白寶，是誰呢？」

「是我。是你的弟弟白寶。」

白寶有些著急起來了。

雖然心裡很是慌亂，但卻忍耐著。

「什麼？是白寶？」黑寶說。「這樣的人我不知道。白寶什麼的，我沒有聽見過。」

白寶已經把眼淚浸濕了面孔了。

（一定的，哥哥忘記了我啦。）

在世界上，這樣的事情是可悲的呀，一面想著，一面不斷地流淚。

而且，用怎樣的方法，來使哥哥知道自己就是白寶，而白寶也就是哥哥的弟弟呢？

白寶只是翻來覆去地解說自己的確是白寶，而且，這白寶就是哥哥的弟弟，除此以外，便再也沒有其他好說的。

可是，黑寶卻偏偏說：「我不知道。白寶什麼的可沒有聽見過。」

（沒有辦法。）

終於，白寶的眼淚撲落撲落的流個不停。

（哥哥早把我忘記了啊！）

（這完全是因為我過去做了不好的事情！）

這樣地想著，也就作罷了。

可是，突然：

（即使這麼說，但我到底是做了怎樣的不好事情呢？）

他想著，到最後又請求哥哥：

「哥哥，請記起白寶來吧。要是你想到白寶做了哪些不好的事情，那一定就會記起白寶來了。」

於是，黑寶好容易這樣地問了：

「到這兒來，到底有什麼事情？」

聽著的白寶，突然快樂得屏住了氣。

（好容易被哥哥記起來了呢！）

他想。

一面這樣地快活，一面回答：

「來看看我想念著的哥哥！」

「是麼？」恍惚笑著一般地，黑寶說：「要是這樣，那麼快回去罷！」

這裡，白寶記起了妻的話，就說：

「啊，還有一個請求。」

「是為了借米來的吧？」

黑寶惡意地冷笑地問。

「是的。是的。米要是不可以的話，麥子粟子都可以。到春天一定歸還。」

這樣快活地說了。

「哼！」黑寶笑嘻嘻地：「在我的倉庫裡，白米積起了幾百擔。麥像山樣地堆著。可是給你的份兒卻一粒也沒有。」

他用冷冷的聲音說，喀啦喀啦地笑著。

白寶聽了懊喪極了。

「哥哥，我不說你的無情，即使一合也是好的，請借給我吧。孩子們哭著呢！」

哀憐地求乞著。

可是黑寶卻怒吼道：

「還要囉嗦麼？」

說罷，他從房間裡唬地衝出來，把白寶踢著，打著。

白寶給黑寶的拳打著，腳踢著，心裡卻還是——

（又做了什麼不好的事情了吧？）

這樣地問自己。

「哥哥，請答應吧。決不再來第二次，請答應了吧。」

他還是乞求著哥哥的許可。

可是黑寶把白寶痛打一頓以後，卻很快地走到房間裡面去了。

白寶跛著腳，從院子裡走出來。

這時，突然遇見了嫂嫂。

「啊！嫂嫂！」

白寶站住了。

嫂嫂不是抱著一隻很大的飯桶麼？

「謝謝。那擱在飯桶裡的飯一定是給我的吧？」白寶說。

可是，嫂嫂的眼睛朝向天：

「胡說！這是家裡男傭人們的中飯呢！」

說著，搖搖擺擺地走了。

白寶只能失望地走出了大門。這是一次凶惡的毆打，肩痛腳跛，路也不能走。

但白寶卻忘記了自己身體的疼痛：

（真是為難啊！要是空手回去，妻和孩子們又會多麼的失望了啊！）

這樣地擔憂著，好容易硬拖著腳，回到家裡去了。

第四章　可怕的預約

白寶一路上這樣想：

（什麼也借不到，一定不能叫妻子他們安心的啊。）

（要是米呀麥的借到了一些呢？……）

這樣地想著，也只有傷心。

於是他只得這麼騙自己——

（噢，多麼快活呀，哥哥那裡借到了這樣許多東西呢！）

他快活地跳躍著，還設想著回家以後的事情。

他回家的時候，什麼也不說。

「回來了麼？」出來迎接的妻說。「那事情可怎麼樣呢？」

他聽著吃了一驚，便這樣回答：

「到哥哥那裡去總是快活的呵。他給了我很多的米和麥，此外又給了我不少的錢呢！哥哥說，要把這些讓男傭人背了送來，可是我說不要，我自己背回來了，可是……」

他抽抽搭搭地哭起來。

「後來怎麼樣呢？」——他想：為什麼妻不向我這樣地問啊？

於是他只得讓自己接下去說：

「可是，後來在路上，碰到了幾個壞人，都給拿去了。我變得糊里糊塗的，都給他們拿走了。」

他這樣地說著，哭泣著。

可是妻卻一眼看透了他的說謊。便說：

「這是說謊吧？」

接著又說：

「你受了這樣的傷，看來多麼的可憐呢！」

她說著便把白寶的創傷洗滌，一面給他包紮，一面哭泣著。

而他自己，也已決心拼命工作，決不再到黑寶那裡去借東西。

這時候，同情於白寶遭遇的那街上衙門裡的小差役，偷偷地把白寶叫出來。

「聽說你生活非常困難，所以特地來介紹你一件事情。」

那衙門裡的小差役這麼說。

「謝謝。這事情大概是怎樣的呢？」
「那個姓金的富翁，不是大家都知道的嗎？」
「怎麼樣呢？」
白寶走近過去，好像要聽什麼有趣的新聞似的。
「那富翁是懂事的好人，可是卻和憎恨著他的壞人爭吵起來了。」
小差役急促地說。
「那末，這富翁一定給送到衙門裡去啦？」
白寶這樣問。
「是的。而且結果，他訴訟失敗，受到了責罰！」
「這樣好的人，怎麼會受到責罰呢？」
白寶想來想去想不通。
「這是因為判罪的法官給壞人欺騙了。我知道得很清楚。」小差役回答。
「真是可憐呀，一定是受到很凶的刑罰吧？」
「唉，用鞭子要打一百鞭！」
「用鞭子打一百鞭？」

白寶吃了一驚。

在以前的朝鮮，罪犯得關在牢獄裡，犯重罪的人，每天要用鞭子來鞭打十記或二十記，以為這是懲戒的責罰。

因此，即使是怎樣輕微的鞭打吧，要是用那粗大的堅硬的鞭子打了一百記，那可準得會死掉的。

「可怕的刑罰呀！」

白寶像自己受到刑罰一般地叫了出來。

「而且這富翁年紀很大，要是用鞭子打了五十記，那也一定會死去的呀。」小差役這麼說。

「沒有誰替代他去挨打麼？」

白寶同情那年老的富翁。

「我請求了上司的法官，他說替代也可以的。」

小差役這麼回答。

這位上司的法官，據說是不做正經事情的官吏。在這時候，從都市裡來的遠地方的官，常常都是這種不正經的人，是叫平民們受苦的人。

「可以替代，那也是好的呀！」

白寶立刻這麼說。

「可是，找不到這替代他的人。」那小差役的臉上現出為難的神情。「因此，我拜託你，請你去找找願意替代的人吧。」

說著，他連連地看著白寶的臉。

於是他又這樣地問：

「怎麼樣呢？你不可以去替代他挨打麼？」

白寶聽著，陡地吃了一驚。

（這樣卑鄙的話，他可不曾聽見過！）

因此白寶這樣請求他：

「那不行……要是用鞭子打了一百記，那麼我一定會死的，我的妻子和孩子們多麼可憐喲！」

「以後的憂慮可以不必！因為那富翁他有三十兩金子給了你。而且，這富翁一定會有很多的禮要送你的。」

小差役這樣熱心地慫恿他。

「給三十兩金子……」

白寶自個兒喃喃地說。

一想到幾天來全家挨餓的遭遇，便多麼地需要著金子啊。

這裡，要是有三十兩的大批金子得到了手，那麼經商也盡可以，更可以買一些田產來。

只要想到小孩子們不再挨餓了，就比什麼也都快樂！

因此白寶打定了主意：

「好的！」

又說：「為了可愛的孩子們，無論怎樣地吃苦，我也沒有關係！」

真的，為了孩子的父親的心，是再也不能比它更偉大更堅強的了。

這樣可怕的，用鞭子鞭打的事情，他也不再顧慮了。

因此白寶清楚地回答：

「好的。一定去！」

因為在一次約定了以後，無論如何不會失約的白寶，他的回答的語調充滿了力量。

「真的麼？」

那小差役還有些不放心。

接著又：

「那麼，在那指定的一天，你一定要到衙門裡來啊！」

「去的，絕對不會失約！」

白寶這樣回答。

「那末，我要信任你了。」在那小差役離別的時候，這樣說。「這裡先留下五兩金子，請收下。這是預約的定錢。」

「謝謝。那末我收下這金子了。」

白寶已經快活得很，內心覺得異常的舒服。

「在約定的日子，你一定要替代他去的！」

小差役一次又一次地不放心，總是提醒他。

「是的，一定去！」

白寶很堅決。

「那末，在這一個月的三十日，請不要忘記，要來啊！」

小差役有些放不下心似的回去了。

白寶忘記了鞭打的痛苦，只為了得到五兩金子而快樂。這樣，他帶回到家裡。

而且，一面把金子交給了妻，一面這樣說：

「啊，是金子呢！快去買些米和魚來吧，給那些餓著肚子哭著的孩子們做菜吃！」

「這樣多的金子？」

妻並不歡喜。她用正經的臉問他：

「這到底是從哪兒來的金子啊？」

（啊，真是為難的事情！）

白寶這樣想。

「是跟誰借來的麼？」

妻有些著急。

「不——」

白寶回答。

「那末，是從哪兒來的呢！」

白寶的妻奇怪起來。

白寶終於並沒有說明這是鞭打的預約的定錢。因為他怕妻擔憂，而且不希望她悲傷。

因此，立刻說：

「在路上拾到的。」

然而，啊，說謊是不行的！——他自己責備起自己來了。

但聽到這樣回答的妻，卻竭力勸導他：

「在路上拾到的東西，不可以拿來自己用。這金子一定是誰掉落了的，所以去到拾起來的地方，等候那個遺失的主人來，或者你把它送到衙門裡面去。雖然我們沒有吃的，可是總不能拿這種不正當的金子！」

這樣一來，白寶再也不能隱瞞了。

因此，決定把所有的事情說出來。他說：

「我已經和別人約定，要替代那富翁，到衙門裡去挨鞭子的打。這就是預約的定錢！」

「用鞭子？」

妻聽著駭了起來。

「是啊。因為這是已經約定好的了……」

白寶勸慰他的妻。

「不能！你不能受到這樣可怕的刑罰！」

這麼說著，她嚎啕地大哭起來。

可是白寶卻用很堅定的決心說：

「現在已經是太遲了。一經約定了以後，無論怎樣也得遵守的呀！」

而且，妻子又不能強迫他不去，所以終於在約定的日子，白寶要到衙門裡去，但一想到要挨一百記鞭子，便再也沒有活潑的心思。

因此他和妻子以及孩子們一同地，哭著哭著離別而去了。

第五章　正直就是財寶

不久，白寶到街上的衙門裡去。

這裡跟鄉下的那些村公所不同，那是有著很大的房屋，看來威風凜凜的。而且，這麼多的人們，不知為了什麼，總是忙忙碌碌地進出著。

穿著奇怪服裝的差役們，一群群地，來來往往地走來走去。

而像隊長模樣的人，帶了兵士出來，威嚴地叫了號令，不知要到什麼地方去。

（一定要去捉拿犯人的吧？）

白寶已經害怕了起來。

「嘿，這個，在這裡探頭探腦的人，幹麼的？」

躑躅著的白寶，終於被這樣的叫聲，怒喝著。

白寶突的吃了一驚，退後一看，原來肩上揹著竹爿鞭子的差役們正大批地從裡面走出來。

啊——地叫了一聲，白寶立刻就逃走了。

但一想到自己是為了挨打而來的，便又覺得自己的不應該。

在後面，人們哈啦哈啦地笑著。

就在這樣的笑聲裡，他才安定了心，站住了腳。

「喂，喂！……」

其中的一個人，跟白寶說話了。

白寶害怕地，慢慢地走到那差役的旁邊。

「看來，你是像鄉下人似的，有什麼事情嗎？」

那差役問。

「是的。……」白寶老實地回答。「我到這裡來，是為了要挨打一百記鞭子喲！」

「什麼？是為了要挨打一百記鞭子？」

差役有些詫異地問。

「是的。是這樣。」

白寶回答，把一五一十的話告訴了他。

「啊，是這樣的麼？」

那差役有趣地笑著，便說：

「要是這樣，那請放心。這回有新上任的法官來了，這是一個公正而能幹的人，沒有罪的犯人，都准許他們回去。因此，你也可以回去。」

白寶聽了非常地高興。

可是，他想，如果不挨到鞭打，就不能實踐預約，那作為定錢的金子，也是非歸還不可的。

但先前拿到的那五兩金子，卻已經充作買米的用途和今天到這裡來的旅費了。

「為難，真是為難！」白寶喃喃地說。

於是，他請求那差役，無論如何要用鞭子來鞭打他。

但差役卻總是不聽他的話。最後還說白寶有些神經病，把他當作笑料一般的取笑起來了。

這裡，白寶想到了那最初跟自己預約的那個差役。

「那末，請讓我跟我預約的人見見面吧。」

他終於這樣地說了。

於是：

「啊，那些人麼，都已經不在這裡了呀。」他回答。

因此，毫無辦法的白寶，只得垂頭喪氣地回家了。

不知道這些事情的白寶的妻，卻是非常地擔憂著。她一心一意地，拼命地向神仙祈禱：

「在他的身上，請不要留下很深的傷痕。即使用鞭子來鞭打，也讓他不要疼痛啊！……」

但是這裡，白寶卻回來了。

「啊，多麼的辛苦了呀？」

白寶的妻，臉上已經淌滿了眼淚。

「不……」

白寶垂頭喪氣地說。

白寶的妻，眼見白寶這樣的不高興，以為這是因為鞭打了的緣故，所以哭著，想來替他包紮傷口了。

「不是這樣的呀！」

白寶有些厭倦似的。

然後，他說出了在衙門裡遭遇到的事情。

「啊，這樣可好了！」

白寶的妻到底快活起來了。

可是她心裡又想：

「那一定是受傷回來的吧，不然的話，為什麼沒有挨到鞭打而反會不高興的呢？」

可是白寶卻一點也不高興。

他只是為金子的事情而擔憂著，擔憂著。

他終於說：

「必須歸還那五兩金子，——可是用什麼東西來歸還呢？」

他真是一個心地正真的人。

這樣說來，他的嘆息是並非不合理的。

因此白寶的妻也一同擔憂著這件事情。

但正在這時候，那富翁卻走到這裡來了。

「你是不是代替我去挨鞭打的白寶先生麼？」

這富翁老人問。

「是的。我是白寶。」

白寶立刻這樣回答。

「啊，是麼？」富翁走了進來，又問他：「那麼，你現在是才從衙門裡回來的吧？」

「是的，剛剛回來，但這個……」

白寶正想繼續說下去，那老人卻說：

「不，真對不起。替代了我，挨到那樣可怕的鞭打，真是對不起得很！」

這樣說著，就撲落撲落的掉下眼淚來了。

白寶和妻相互地看了看。

「不，……」白寶說。

然而，那富翁老人卻這麼接下去：

「請不要客氣。挨鞭打，無論如何是苦痛的事情，誰都會知道。啊，這裡，約定的金子我送來了。」

他拿出了很多的金子。

（這老人，完全不知道今天的事情呢！）

白寶想。
要是普通的人，也許會默默地接受了這些金子吧？
可是，白寶卻到處是正真的人。
白寶的妻，也和白寶同樣地是一個正真的人。
所以白寶坦白地說：
「我沒有接受這些金子的理由！」
「為什麼不接受呢？」
那老人不懂得意思，這樣問他。
於是白寶便說出了事實的真相：
「實在，我是走去挨鞭打的，可是新來了一個公正的法官，他恕了您的罪，可以不必鞭打，我就只得依舊回來了。」
「是麼？來了這樣好的法官了麼？」
老人的臉上現出詫異的神情。
「這裡，我要請求您。」白寶面對著那老人，請求他：「那先前給我的金子已經給我用完了，現在不能立刻歸還給您，所以要請求您稍微等一下，讓我……」

「啊，那金子的事情嗎？」老人像回憶一般地，這麼說：「不，那已經是很好。非但這，我還要把這些金子完全送給你。」

「不，我不能接受！」

白寶很坦白地說明。

但是那老人也是很和藹地說道：

「尤其是，因為你說的話都是真的，一點沒有虛假，所以雖然沒有挨到鞭打，但你卻守約而去的，因此我有完成這約定的義務。呀，請你接受這些金子吧。」

這樣說著，把金子拿了出來，老人很爽快地想走回去了。

但是白寶卻沒有接受這些金子的理由。

「請等一等！」

白寶扯住了老人的袖子。

「把這些金子給我，會使我不安心的，所以請您拿回去了吧。」

這樣說著，無論如何也不接受。

這裡，老人便留下了少許的禮金，餘下的就拿回去了。

白寶把這少許的金子，和妻子兩人商量了做著種種的事情。他們把這些金子作為資本，買了原料，從清早起，一直到夜深，拼命地工作著。

白寶雖然這樣，但還是不能使生活寬裕，不過這裡，卻來了意想不到的幸運。

到這裡為止，諸位讀到的，也許覺得有些沉悶。但我想白寶是怎樣的一個好人，是怎樣的一個正直的人，諸位讀來一定是知道得很清楚了吧。

處在這樣可憐的境遇裡，然而白寶卻依舊做著各種很好的事情。

這便是正直的白寶的故事。對於這樣的人，一定有很好的結果吧？——以下要說的，便是他遇到了很大的幸福。

第六章　被救的燕子

這是某一個春天的日子。

經過了長久的冬天，到了明亮而溫暖的春天了。

樹木和花草長出了新鮮的芽苗，把原野和山巒，用各種各色的花朵裝飾了起來。在這些花朵的上面，蝴蝶們和各種的鳥兒，快快活活地飛來又飛去。

不知在什麼時候，燕子也從南方的國度裡飛過來了。

那頭上好像塗了油似的，發射出美麗的光彩；那翅膀也是有規律地擺動著，看來實在是很有禮貌的鳥兒呢！

真的，那舉起又散開的翅膀，在迎著風兒斯斯地飛過的時候，再也沒有其他的鳥兒，可以並著它飛得同樣地快的。

而且它始終捕食著田稻的害蟲，所以稻麥和各種的農作物，都很歡喜它。

也正因為這樣，人們必須保護燕子，保障它的生命，保護它的生長。

這時候，從南方的國度裡才飛來的燕子，正迴旋地飛，來來去去的，找尋著適當的房屋，去建造它們的巢兒。

不久，找到了暖和的安全的地方，便在那裡建搭了巢兒。但燕子總是歡喜接近人們，所以在人們的房屋的屋簷下做起巢兒來了。

白寶的家裡，也有兩隻燕子飛了來。

「那，燕子已經來了呀！」

白寶的妻很歡喜地說。

「已經是到了春天的時候了呢！」

妻又這樣地說著。

「已經是春天了！」

白寶也說。可是——

「不知怎的，這對燕子，好像要在我們的家裡建造巢兒似的。」

他細看著燕子的動作。

的確，這對燕子在屋簷下一忽兒飛近，一忽兒飛開，它們好像正考慮著什麼事情似的。

（挺可憐的……）

白寶想。

（在這樣破陋的屋子裡，連作巢兒的地方也找不到啊！）

他的臉上現出對不起的樣子。

實際上，白寶的房屋，的確是很破陋的。

在當時建造了以後，再也沒有修理過。他沒有修理的工夫和修理的金錢。

因此白寶想：燕子飛錯了地方。他說：

「雖然我謝謝你來到我的家裡，但這樣的地方，是實在不配養畜你們的孩子啊。」

接著，他又像跟人家說話一般地說：

「請到其他的地方去吧，去找漂亮的房屋再建造巢兒吧。」

因此，燕子「畢棄枯朴朴，畢棄枯朴朴」地，用自己的言語說：

「可是，白寶先生，府上是很合適的。因為我們很歡喜正直的、體貼我們的白寶先生。」

這樣說著，便把泥和薯草搬運過來了。

「真的要做麼？」白寶看見了泥草以後說。「如果一定要在我的家裡做巢，那我可以給你們挑選較好的地方吧。」

這是很會體貼人家的白寶。他這樣地說著，便去找了樹枝來，使燕子的巢兒做得好一些。

燕子們眼見了這，都很感激，它們說：

「謝謝！白寶先生，真的謝謝您！」

它們一面這樣地說著，一面飛來飛去地工作著。

終於，不久，做成了很漂亮的泥土的巢兒。

那簡直像人們建造的水泥房屋那樣的，在柱子上，很巧妙地，用泥土和稻草重重疊疊地膠織起來。
作成了巢兒以後，燕子們便忙碌地在巢裡修飾著。
用柔軟的稻草和羽毛鋪蓋著。
這便做成了自己孩子們的柔軟的床。
不久，五隻可愛的小燕子從卵裡出來了。
啊，這樣的多呀！
小燕子們都有黃色的嘴邊，嘴巴寬闊得幾乎佔有了面孔的全部。
「快些拿飯來呀！拿飯來呀！」
它們向父親和母親叫喊著。
因此，燕子的父母拼命地捕捉了蟲兒，來回地飛著。
看見了這樣的情景，白寶便向小燕子們這樣說：
「快些長大吧，快些長大吧！」
也許會懂得這些話吧，小燕子們常常傾斜著頭，從上面瞧著白寶。
就這樣地，小燕子們漸漸地長大了。那黃色的嘴邊漸漸地堅固，那羽毛也漸漸地變得黑色。

而且，也可以用腳在巢兒的邊上拐來拐去。

「噢，噢，大了！大了！」

白寶微笑著說。

再長大一些，小燕子們便可以從巢裡飛出去了。

但是有一天。

突然有一種難聽的聲音發出來，這不是小燕子們正在吵鬧著麼？這樣一想，白寶走了出來。而且抬起頭看那巢兒。

啊喲，怎麼辦呢？一條很大的蛇，正把小燕子們一隻一隻地吞到肚裡去了！

「你這鬼東西！」

白寶憤怒極了，便拿出了刀來，把這可惡的蛇殺退了。

蛇轉轉折折地蠕動，吐出了舌頭舐著，只留下了最後一隻小燕子飛撲著。

小燕子「嘰、嘰、嘰」地哭叫著，逃著。

而且，面對著白寶拼命地喊：

「請救救吧！請救救呀！」

白寶舉起了刀，直向蛇身上砍去。

可是蛇用可惡的舌尖卷著，像嘲罵白寶似的，一面卻在一剎那之間，咬住了那小燕子的腳。

「啊……」

白寶大叫，便立刻把刀砍入了蛇的腹部。

這一瞬間，蛇覺得形勢不好，便開始逃走了。

於是，把燕子的腳也放鬆了。

燕子好容易把腳從蛇的嘴裡拔出來，飛撲開去。

但在這時候，它卻撲地掉落在地面上。

白寶眼見了這，便立刻扶起了燕子。燕子苦痛地打滾著。

「怪可憐的！……」

白寶查驗著燕子的創傷。

怎麼辦呢：那腳骨不是已經折斷了麼？

「啊，可憐呀！怪可憐的！」

這樣說著，白寶掉下眼淚來了。

然後他很快地拿了藥和布條來，給醫治這燕子的腳了。

回到巢裡來的小燕子，這樣地說著感謝他的話：

「白寶叔叔，真正謝謝您！」

不久，從外面尋食回來的燕子父母，看到了這樣的情景，便都驚駭了起來。

當它們聽了小燕子講述這意外事件的經過以後，便都痛惜得哭泣起來了。

但它們對於救助那最後的小燕子的白寶先生，真是非常的感激，它們在天井裡繞著圈兒地飛飛……

這樣，夏天過去，到了秋天了。

燕子們又要回到原來的南方的國度裡去了。

被白寶救出的燕子，跟父母一同地，說了下面那樣的分別的話：

「白寶叔叔，勞您照顧了。以後一定要報答您。」

燕子的腳已經是完全痊癒，但看來總是很可憐的。

「那腳已經好了吧？能夠飛到遠遠的南方的國度裡去麼？」

白寶很體貼地這樣說。

「是的，全完好了，所以可以飛了。請您安心吧！」

這麼說著，燕子戀戀地在白寶家的天井裡繞飛一周，便開始它們遙遠的旅程去了。

第七章　燕子的王帝

燕子離開白寶的家已經是很遠了，可是還依依不捨地回顧著。

它正想著，雖然是到遠遠的南方的國度，可是白寶的事情決不會忘記。

已經完全是健壯的身體了，所以飛到遙遠的遙遠的地方去。但那受過傷的腳，卻不知怎麼，總是覺得有些隱痛。

然而燕子緊閉了嘴巴，跟在夥伴們的後面，拼命地飛，飛。

晝夜不息地，燕子在隊長的領導下，繼續不斷地飛，好容易在岩石的上面休息了一下，可是不久又繼續著旅程。

「怎麼樣呢？腳不痛麼？」

「這樣長時間地飛，是很疲乏了吧？」

同飛的燕子們慰問著它。

「什麼？無論怎樣，我總要跟著你們飛，所以請放心吧。」

那燕子這樣回答，飛在同伴們的後面。

所謂南方的國度，卻不知道是這樣遙遠的南方的國度啊！

越過了山，越過了原野，但接著又是山又是原野。而且，又離開了陸地，飛到海面上來了。

這是比陸地更廣大的大海。像現在這樣地，要想休息一下也是不可能了。

找到了小島的時候，這才真的舒了一口氣。

翅膀已經像撕裂的一般，腿兒好像被摘去了的一般。

站在小島的岩石上的時候，簡直覺得疲倦到了極點。

但從島嶼飛到島嶼，卻又比較地省力。

在近陸地的那邊，島嶼非常的多，但飛在遙遠的海面上的時候，連島嶼的影子也沒有。
而且，無論在什麼時候，都是海水，一眼望去，只見無邊際的綠色的海。
在這樣的地方，無論怎樣是不能休息的了。
當然，連吃的東西也沒有，只是連續地飛，飛。
這中間，有遇到了暴風雨的時候。
有在低降的雲下飛過的時候。
有遇到別的種族的渡鳥群的時候。
弟兄很多的燕子們，相互地安慰著，但這幼小的燕子，終於離開了父母，只是單獨地飛，飛。
它始終忍受了這樣的寂寞，而繼續著掙扎，繼續著飛。
於是，傷口漸漸地痛起來，以致好像不能動彈而快要掉到海裡去的一般，但這些時候，他總是想到：
「為了白寶叔叔，必須用力地飛啊！」
這樣地一想，氣力也就出來了。

而終於，它飛到了那目的地——南方的國度。

「喲，還好！」

它自己這樣地喃喃著。

「真的，飛得好呀！」

同伴們稱譽它。

「一直跟到了這裡，那真不差！」

另外的一些同伴們也感動了。

「能夠這樣，都是白寶叔叔的照應。」它回答。

「啊，到王帝那裡去請安吧。」一些燕子說。

「而且，你要把白寶先生的事情告訴他呀。」

大家都這樣主張。

不久，當大家排列整齊的時候，隊長向大家這樣說：

「現在到王帝那裡去請安了。在北國做的事情，應當完完全全地告訴出來呀。」

於是，大家都到王帝的宮殿裡去了。

整齊地排列，平伏著身子。隨後王帝從宮門裡出來了。

「大家都平安地回來了麼？」

王帝很關心地問。

而且，有些依戀地，一個一個地察看著。最後又說：

「啊，各位，在這期間，有什麼有趣的事情麼？請完完全全地告訴我吧。」

這裡，燕子們一個一個地走到王帝的面前來。

有的說，在居住北國的時候，生了很多的孩子。

有的說，把田稻的害蟲吃去了不少。

有的說，遇到了壞人，把它的孩子們搶走了。

就這樣地，它們把愉快的事情，苦痛的事情，有趣的事情，一件一件地訴說著。但是，輪到最後那隻小燕子說話的時候，大家不哭也不笑了。

「你不是跛著腳走路的嗎？」

王帝向這小燕子說。

「是的。這裡有很長的來歷呀！」

燕子跛著腳走到了王帝的面前。

「請說出這很長的來歷吧。」

「是的，我要說！」

「那末從頭至尾地說吧。」

這裡燕子便開始了敘述。它說，在白寶的家裡，從卵裡孵出來，在很體貼的父母們的保護下，平安地養育著。但是最後，它更說出那可惡的蛇兒吃掉了所有的它的弟兄們。

聽著的燕子都長嘆著，憐恤著。

哭泣的聲音充滿了宮殿。

「那東西，要是用什麼傢伙來殺退它，那就好了。」

其中很有許多憤怒著的燕子。

「是的。很好地報復了！」

小燕子這樣回答。

「是誰，是哪一個？」

大家很驚奇的問。

「這就是白寶叔叔！」

於是，小燕子說出了白寶叔叔怎樣砍蛇的故事。最後它感動地說：

「是這樣地幫助了我！」

聽著這些話的王帝，長長地嘆了口氣：

「這樣也就好了！」

「不，災難可不只是這樣呢！」

燕子又繼續它的話語。

「什麼？」

王帝吃驚地問。

「從蛇的嘴裡逃出來，不知道怎樣才好的我，正在巢裡蹣跚地走著，然而一失足，撲通地跌落到地上來了。」

聽著這話的王帝，又第二次地吃驚了。

而且，一到白寶把這燕子的腳，體貼地敷了藥，替它醫治，便深深地感動了起來。

「這是應該感謝的！」王帝沉吟一般地說，「對於這位白寶先生，一定要報答他！」

隨後便研究：到底用怎樣的東西去報答他。

在第二年的春天，當燕子的一族又要出發到北國去的時候，王帝便叫了那白寶家的燕子來。

「這種子是巴卡基的種子。把這個帶給白寶先生去吧。你是應當這樣去報答他的。」

這樣說著，把一粒巴卡基的種子遞給了那燕子。

所謂巴卡基，是跟葫蘆相仿的瓜兒，但它是像皮球那樣的圓圓的東西，所以把它對切開來，好好地修理一下，便可以當做水舀子來取水，或者用作盛放東西的器具。到朝鮮去一看，一到了秋天，在家家的稻草屋頂上，便可以看見結了很多果實的這種巴卡基。

於是這燕子，把王帝賜下的巴卡基的種子，好好地銜著，繼續去飛越那長長的旅程了。

中途，遇到好幾次的危險，但它把種子緊緊地銜在嘴裡，注意著沒有給掉落到海裡去。

而且，好容易憑著他的記憶，找到了白寶住著的村落，在那裡，它來回地飛著，尋找白寶的家。

白寶的家，跟去年一樣地，是貧窮破爛的家，所以一看也就找到了。

燕子快活地不停留地飛去。

因此，在白寶家的天井上，剛剛像環形舞那樣地，繞著圈子地飛，飛。

第八章　巴卡基的種子

最先看見燕子的，是白寶的妻。

「啊呀，燕子又來了呢！」

這樣地說著。

可是，燕子的舉動到底是怎樣的呀？看來總是有些異樣似的。

因此，仔細地注視了以後，才覺得：這不是去年從蛇嘴裡救出來的燕子麼？

「哪，啊……」

白寶的妻在自己的孩子群裡，兜來兜去的看著。

立刻，白寶這樣想：

「快些出去吧。去年的燕子又回來了呢！」
所以白寶也快快活活地走了出來。
「在哪裡？讓我看！」
說著，他在天井裡眺望。
「那，這麼飛著的不是麼？」他看見燕子兜著圈子。
「不錯，是的。」他的妻回答。
仔細看著的白寶，便快活地說：
「正是呀，正是去年的那隻燕子。它的腳上還帶著傷痕呢！」
他看見燕子好像有病似的。
於是，燕子用自己的話說了：
「白寶叔叔！去年實在謝謝您。現在我奉王帝的命令，把這粒種子帶來，請您收下吧。我要報答您的恩惠，所以我帶到了這裡！」
燕子的話，白寶不能夠立刻就懂得。
可是，那種熱心的飛舞，在白寶的面前旋轉，這使白寶也明白了。
「這燕子一定是感謝我去年的事情吧。」

他說。接著他又仔細的看了看：

「啊呀，什麼黃色的東西銜在它的嘴裡呢？這一定是要送給我的東西吧？」

他伸出了手。

於是，燕子立刻把銜著的種子，掉在白寶的手掌裡，後來就不知飛到什麼地方去了。

「呀，這叫什麼呀？」

白寶看著手掌裡的黃色的東西。

「因為看來有黃色的光彩，所以也許是金子吧？」

白寶的妻說。

「不，它不像金子。」

白寶有些詫異起來。

「那末，是玉吧？」

白寶的妻設想著各種的東西。

「不，玉也不像這樣子的。」

「那末，夜明珠吧？因為看來它好像是發光的。」

「夜明珠？啊，是那夜裡發光的珠寶麼？」

但隨後，白寶又搖搖頭：

「不，這也似乎不很像。」

「啊，一定是的。」白寶的妻又這樣說了。「這一定是叫做琥珀的寶石。這樣地帶著黃色，正好像琥珀那樣的光亮。」

她這麼自信地說。

「琥珀？」白寶立刻回答。「我也正這麼想。不過要是琥珀的話，可沒有這麼小。」

他們這樣那樣的猜疑不定。

「這麼說，那末是不是珊瑚呢？……」

白寶的妻已經再也想不出其他的名字來了。

兩個人拼命地想，可是這樣的東西總覺得沒有看見過。

但它是由燕子特地從遙遠的地方帶來的。

（為了答謝而帶來的東西，是不可以丟掉的！……）

白寶把它拿在手裡，想了一想，便這樣地叫起來：

「啊，知道了。這是巴卡基的種子呀！」

「是巴卡基的種子？那末，燕子帶了巴卡基的種子來，不是很奇怪的嗎？像這樣有光彩的種子，可從來不曾看見過！」

白寶的妻還這樣地喃喃著。

可是，以為一定是巴卡基的種子的白寶，卻把它種在天井的一個角落裡了。而且，加上肥料，澆了水，像養育自己的孩子一般，把它很小心地保護著。

（這是燕子特地帶來的東西呢！把它枯死了，那是對不起燕子的。）

他這樣地想著，一天天的過去，就專心地種植著。

除此以外，白寶再也沒有其他的欲望。

這期間，種子便生起了芽兒，長出了蔓藤，漸漸地伸展開來了。

在從沒有看見過的蔓藤上，葉子茂盛起來，花兒也開放了。

而且，一看到那蒂結的果子，才知道這的確是巴卡基的種子。

只有四粒巴卡基，一天天的長大起來，它比別人家的巴卡基大了兩倍甚至三倍。

有一天，因為又沒有吃的東西了，所以孩子們哭著鬧肚子餓。

「實在沒有辦法，把那巴卡基切了燒來吃吧。」

白寶說。

於是，白寶的妻回答：

「那可不行……果子還在長大呢！稍微再等等，等它長得結實以後，切成兩爿，便可以做成水舀子了。」

「這也對的。那末，再等著吧。」

白寶馴順地聽從了妻的意見。

終於，到了可以做水舀子的時侯。

於是白寶拿出了鋸子，開始把巴卡基鋸開來。

預先把線扎在上面，使巴卡基劃分成同樣的兩半爿，用心地鋸著。

在巴卡基中間，有著白色的果肉，所以把它煮熟了可以給孩子們吃的。

然而，怎樣的呢：巴卡基中間的果肉，是這樣堅固，用白寶一個人的力量，還是鋸不開呢！

「簡直是像石頭。這樣的巴卡基，從來沒有見過！」

白寶這樣嘮叨著。

「那麼，再多用些氣力吧。」

白寶的妻這樣說，後來和白寶兩個人一同來鋸它。

Gagi——地一聲，巴卡基被鋸開來了。

「啊——」

白寶他們叫了起來。

怎麼樣呢？——原來從中間出來的，實在是不可思議的東西喲！

第九章　寶物出來了

從巴卡基裡出來的，是穿著紅的和綠的美麗衣服的兩個小孩子。

本來是想把果肉吃下去的，可是突然地出來了兩個人。所以他們的確是受驚了。而且，為了饑餓的肚皮，他們又都覺得懊喪了起來。

在白寶他們大吃一驚以後，這兩個小孩子，卻捧著一隻裝滿了東西的箱子，走到白寶的面前。

他們恭敬地行了一個敬禮，說道：

「在這銀瓶裡，放著起死回生的藥品。」
「在這玉瓶裡，放著使盲人重見光明的藥品。」
「在這金紙裡包著的，是使啞的人說話的藥品。」
「還有，假使一看這張紙裡包著的東西，那末耳聾的可以重新聽見，傴僂的可以伸直他的脊梁，跛足的可以使他的腳痊癒起來。」
「在這一包裡，放著可以醫好一切疾病的藥，可以使衰弱的人變得強壯的藥。」
「這些都是無價之寶，但這些都是贈送給您的，所以無論怎樣，請收下吧。」
說罷一看，人早已不見了。
因此，白寶蘇醒過來了。
而且一想到給了這許多寶貴的藥品，實在有說不出的快活。
「這是可以醫救世界上殘廢的人和一切的病人的。」
他這樣地喃喃著。
白寶的妻也是多麼的快活呀！
「那末，把那第二隻巴卡基切開來吧。這一回，才要拿出它的雪白的肉燒來吃！」

白寶的妻這樣說。

「是的。快些打開來吃吧。不知道那裡面有些什麼呢？」

白寶也這樣說，於是把第二隻巴卡基採下來。

他們兩個人拉起了鋸子。

可是這一次，巴卡基簡直像鐵一般的堅硬。

好容易鋸成兩爿的時候：

「啊！」

白寶他們又大吃了一驚！

從巴卡基裡出來的，是衣櫥，是金子的箱子，以及類似這樣的家具，一樣一樣地出來，無休止地出來。要是僅僅這些東西，那麼在很大的屋子裡也會裝得滿滿的了，嫁妝店裡也沒有這麼多的東西呀！

白寶不知道是驚還是喜，也不知道應該說些什麼才好。

可是，非但是如此。

家具一齊出來了以後，又出來了世界上所有的珍貴的書籍。在這些書籍裡面，包藏了所謂人類的智慧的智慧。

要是僅僅讀了這些，也一定會做了世界上最最聰明的學者吧——那是無疑的。

白寶是怎樣地吃驚和快活呀！

可是出來的東西不僅是這些。

書籍一齊出來了以後，接著又出來了各種各式的紙張：

美濃紙、圖畫紙、和紙、色紙，到最後出來了唐紙。

無論哪一家紙店，也沒有這麼多的而且各式各種的紙！

白寶是怎樣地吃驚和快活的呢！

紙一齊出來了以後，又有另外的東西出來了。

絲織品呀，棉織品呀，毛織品呀等等，在這世界上所有的各種織造品都一件一件地出來了。

一生也穿不盡的許多的棉毛絲織品都出來了！

白寶的妻那麼快活：

「以後可以穿漂亮的衣服啦！」

她這樣說，並不是沒有理由的。因為以前，他們是沒有錢去買綢緞，他們是得不到那樣的好衣服穿的。

就這麼著，從這第二隻巴卡基裡，出來了像山一般堆積起來的家具，書籍，紙類和綢緞。

「實在出來了不少的東西啊！」

白寶感動地說。

然而，肚子卻仍舊是饑餓得不堪。

要是再沒有什麼東西吃，那實在是餓得不能再耐了。

因此，又把第三隻巴卡基剖開來。

這一回，從剖成兩爿的巴卡基裡，出來了光亮得耀眼的黃金的箱子。

而且在這箱子的面上，刻著這樣的字：

白寶，

把這箱子

開了吧！

白寶懼怕地站在這箱子的旁邊，偷偷地把蓋頭揭開了。

怎麼樣呢？——從箱子裡，整整齊齊的，排列著一般地，出來了黃金的塊子，白銀的塊子，珊瑚，真珠之類的金銀寶石。

一下子，數不清的許許多多的寶物出來了。但白寶雖是這樣的驚喜，他卻並不是貪心不足的。

他只是這樣想：

（啊，這已經是夠多了；要是再沒有什麼吃的東西，那肚子可餓得不成樣子了，人也會不能夠動彈了吧。）

所以，白寶只得把最後剩下來的那隻巴卡基，開始鋸開來。

這第四隻巴卡基比鐵和玉都還堅硬。

而且，在「嘖」地很大的聲音裂開了以後一看，從那中間，竟連續不斷地有什麼東西出來了。

喲！是什麼東西出來呢？

最先出來的，是約有一百個左右的木匠和泥水匠的工人。

他們是做什麼來的呢？於是接著，從巴卡基裡，漸漸地又出來了柱子和木板。

這些泥水匠和木匠，便開始建造房屋起來了。

很快地，簡直像王宮一般的房屋，建造了好幾所。而且，又建造了倉庫，建造了漂亮的庭院。

然後，從巴卡基裡又出來了米、魚和肉，以及各種的蔬菜，也都出來了。而且慢慢地，又出來了燒飯的廚司和女傭人，他們把菜肴做起來了。

這時候，白寶和白寶的妻，以及孩子們，都離開天井了。

怎麼樣呢？

在那燦爛的殿堂上，他們穿了漂亮的絲衣裳，他們把山一般堆積起來的寶物陳列在周圍，而且，吃著那美味的菜肴。

就這樣，白寶在無意中已做了一個大富翁了。

他早已不再是以前那樣的窮人了。

非但如此，他把很多的寶物分給貧窮的人，他把米送給了沒有吃的人，他把各種藥

品送給了傴僂的聾啞的人，對於沒有學問的人，他贈給他們以書籍和紙張，對於沒有衣服的人，他贈給他們以各種的織造品。

白寶的名聲，在很短的時期裡，傳遍了遠遠近近的鄉間。

然而，也有聽到了這些而心裡覺得很難過的人。而且，他還計畫著怎樣地欺負白寶，去把這些寶物奪了過來。

你知道這是誰呢？

第十章 貪心的黑寶

計畫著這種可怕的陰謀的，不是別人，而是白寶的哥哥黑寶。

多麼壞良心的黑寶啊！

而且，多麼貪心的黑寶啊！

黑寶自己已經有了很多的金子，那倉庫裡不是有著很多的米麼？

雖然這樣，卻還是嫉妒著弟弟做了富翁。

他想，無論怎樣，不能有一個人比他更富有，更偉大，更有名。

他說他一定要使自己更富有，更偉大起來。
（要是能夠做到了這樣的地步，那才好呢！）
（而且，只有偉大的人，才能獲得人家的讚美，這樣才是真正的快樂呀！）
可是現在，他要到白寶那裡去，他要去讚美白寶嗎？——不，絕不！
他挺直了胸脯，出現在白寶家的大門口。
「白寶在家嗎，白寶？」他問。
可是，這時候，白寶恰巧不在家。
「那一位，是不是哥哥麼？」
白寶的妻快活地到外面來迎接。
可是黑寶卻是怪難聽地笑：
「嘔嘔——」
「這些房屋和寶物，怎麼會得到的呢？」
他一開頭就是這樣問。
「這是有理由的。」白寶的妻回答。
白寶的妻這麼一說，黑寶卻咆哮了起來：

「不要聽你什麼理由不理由！快快把寶物拿到這裡來！」
「啊，是的，拿來的；不要吃些什麼嗎？」
白寶的妻這樣安慰他。
「嗯，做些菜來吃！」
黑寶威風凜凜的，說著走進了屋子。
而且，拿出了刀，劃破了壁上的字畫，吐著唾沫，把屋子弄髒了。
因此白寶的妻，溫柔地勸告他：
「怎麼啦，請不要暴躁吧。無論怎樣，要把您想看的東西都拿出來。」
於是，黑寶說：
「嗯。那麼，快些拿來！」
他一面吃著菜肴，一面指看著那些美麗的綢緞。
他連綢緞的名字也都不知道。
白寶的妻，約定把這些綢緞送給他。接著他又強要了銀煙盤、金書箱等等的東西。
在銀子大菜臺上放著的，那些都是沒有看見過的珍奇的菜肴。

雖然這樣，他卻還是說，這個菜不好吃，那個菜做得很壞，故意地為難著白寶的妻。

這裡，白寶回來了。

白寶一聽到哥哥來看他，便覺得說不出的快活。

「哥哥，您好啊！一點菜也沒有，請多用一些吧！」

他拱著手作了禮。

但黑寶卻這麼咆哮：

「拿些更好吃的東西來！誰要吃這些不好吃的東西呢？」

說著，他用腳把菜臺踢翻了。

許多的男傭人和女傭人，嚇得臉上都變了色。

可是白寶卻老是低著頭：「是，是，對不起。」他命令著廚司再去一碟一碟的做出來。

吃了不少好菜的黑寶，才又開口說話了：

「聽說，你近來幹著夜工吧？」

他這樣問。

「夜工，是什麼呀？」

白寶溫順地問。

「夜工，就是夜工！」

黑寶帶罵地說。接著又用很大的聲音：

「你幹了夜工，才給你拿到這麼多的財寶！喲，什麼地方偷來的呢？快認罪了吧！」

白寶這才明白什麼叫「夜工」，他只是目瞪口呆地說不出話來。

無論怎樣為難都可以忍耐的白寶，對於這樣的話，卻不能不回答：

「哥哥，請別說這樣無理的話吧。」

接著，白寶很坦白地這樣說：

「即使是一個錢，我也沒有偷過別人家的東西。」

「胡說！」

黑寶更咆哮了起來。

「誰都知道你偷了人家的東西！要不是這樣，你怎麼會在一天裡面就變了大富翁呢？」

他這樣地責難著。

「不，我絕對沒有偷過人家的東西。這是有原因的。」

白寶很忍耐地說。

「說出你的原因來吧！否則，你就是強盜，要到衙門裡去的！」

黑寶無理地吆喝著。

白寶卻冷不防地，不能夠回答什麼。

他想，如果說出了燕子的種種事情，那是不很好的。

因此白寶真像做錯了事地說：

「哥哥，在家一切的東西，請隨便拿吧。只有那原因，請原諒我不能說出來。」

然而黑寶卻固執地強求著。

他胡亂地吵鬧著，用恐嚇的話為難著。

因此，白寶終於不堪忍受地說：

「實在是……」

於是說出了燕子的一切事情。

「嗯，是這樣的麼？」

黑寶掀動著鼻子，只是惡意地笑。

「那很好，很好！今天就寬恕你吧！但是你必須把最好的財寶讓我拿去，拿去吧！」

說罷，他帶了財寶，拿了金箱子和銀盤子，大搖大擺地出去了。

留在後面的白寶，卻總是擔心著哥哥：

（哥哥，要是你去做了壞事，那可怎麼辦呢！）

第十一章　黑寶扮了一條蛇

然而黑寶一路上卻計畫著壞事，想著惡念頭。

而且，一回到了家裡，立刻向自己的妻這樣說：

「你對於白寶這小子，做了比我更富有的富翁，不覺得痛恨麼？」

黑寶的妻因為和黑寶一樣，也是一個壞良心的人，所以她這樣回答：

「那當然囉！我是很痛恨的！」

「是啊！所以，我就拿了不少的寶物來了！」

但黑寶看了這些拿來的寶物以後，他說：

「非但如此。我也要像白寶那樣地，在一天之中做了個大富翁！」

「啊，快活喲！但願你立刻就這樣！」黑寶的妻用貪心的嘴說著。「有沒有好好地計畫了呢？」

「已經計畫好了。只要去找跛腳的燕子，把藥品敷蓋上去就行！」

黑寶回答著。

因此，為了使燕子在自己的家裡做巢，所以在屋簷的下面，擱了一塊做巢的時候需要的木板。

至於燕子受傷，那是容易的。

可是每隻燕子，在黑寶家的門口飛過，卻沒有飛進來，都飛到別處去了。無論怎樣地等待，燕子總是沒有來。因此黑寶跟在燕子的後面嚷：

燕子來

燕子來

在家裡搭起

很好的巢兒吧

雖然這樣，燕子卻還是沒有來。這期間，春去秋又到，燕子都飛到南方的國度裡去了。

但黑寶卻老是留意著燕子。

當秋天過去，冬季到來的時候，還一心一意地想著燕子的來。

燕子來

燕子來

這樣地一面走著一面叫。

而且每遇到了人，總是問：

「喂，喂，沒有看見燕子麼？」

於是，人們嘲笑他：

「胡說！在冬天哪裡還有燕子？」

然而黑寶卻還是說：

「不，無論怎樣，我要找燕子！」

說著，又到別處去尋找燕子了。

在降下白雪、結成冰塊的寒冷的冬天，怎麼還會找到燕子呢？

「燕子這壞東西，都上哪兒去了呢？」

終於黑寶憤怒了起來。

而且他這樣地立了一個碑：

「凡找到燕子的人，給與獎賞！」

人們看見了這個碑，都笑痛了肚皮。

「真是胡鬧的傢伙！在冬天還會有燕子麼？「

可是黑寶卻是拼命地找。無論怎樣也等不及有找到燕子的人。

這期間，好容易到了春天。

到了燕子來的時候了。

最先看見燕子的一個人，向黑寶打了招呼：

「喂，喂，黑寶先生！」

「啊，找到燕子了麼？」

黑寶好像不很樂意似地說。

「是的，好容易把燕子找到。現在特地來到黑寶先生這裡，請給我獎賞吧。」

這時的黑寶也覺得沒有辦法，只能說：

「啊，是的。那麼給你獎賞吧！」

於是把金子賞給了他。

在平時，即使是一分錢也捨不得給旁人的黑寶，現在找到了燕子而把錢賞給他，那是因為，他想，——他可以因燕子而發了一大筆的錢財呢！

但這個人是哄騙了吝嗇鬼的黑寶，所以他這樣向大家宣揚開去，人家便把黑寶當作笑料一般地取笑著了。

喲，黑寶真是可笑，真像個瘋鬼！

他走到了天井裡，「現在來吧，現在來吧，」這樣地等待著燕子的來。

好容易，燕子飛來了。可是，像去年一般地，在門口飛過而沒有進來，因此他拼命地喊著燕子，要它停下，飛到他的家裡來。

這期間，有一對命運不好的燕子，竟飛到了黑寶的家裡來了。

而且，又搭造了巢兒。

「啊，快活呀，快活呀！從此我要做個大富翁了！」

黑寶這麼說，指手劃腳地舞著跳著。

什麼也不知道的燕子，築成了巢兒以後，又生了蛋了。

有一天，當燕子出去捕捉蟲兒的時候，黑寶偷偷地數了這些蛋的數目。

「喲，有六個蛋呢！」

黑寶快樂極了！

白寶只有一隻燕子，可是做了這樣的大富翁。要是把這六隻燕子的腳全都折壞了，再敷上藥，那一定會做了六倍於白寶的大富翁呢！

因此每天，黑寶把蛋拿在手裡盯著眼看，希望小燕子能夠早些鑽出來。
然而蛋卻大半腐爛了，孵化出來的只有一隻小燕子。
「為什麼只有一隻呢？」
黑寶這麼嘮叨著。
然而這總比一隻也沒有的好，所以他對這隻小燕子說：
「那麼，快些長大起來吧！」
不久，小燕子好容易在巢兒的邊上，歪歪斜斜地開步了。
「可是，蛇為什麼不早些來呢？」
黑寶急得有些等不及了。
要是蛇來了，一定會咬傷那小燕子的腳。
他等不及，便到山野裡去，去找尋蛇兒。
於是，在某一條河的旁邊，他找到了一條大蝮蛇。
「喲，蛇先生，在這裡麼？」
黑寶快活地叫了出來。
蛇伸出了紅紅的舌尖，盯著眼睛看黑寶。

「蛇先生，快些到我家裡去吧。美味的小燕子正等待著你！而且燕子之外，還要給你好吃的東西哪！」

黑寶這樣說著，引誘著蛇兒。

可是蛇兒並不曾走動一步。

「你真是不識相的蛇兒！」黑寶有些憤怒。接著，又硬要請他到自己家裡去：

「啊，來！啊，來！」

然而蛇也大大地憤怒了，在黑寶的手上咬了一口。

喲，不得了！黑寶中了蛇毒，身體咕嚕咕嚕地腫起來了。

因此黑寶得了病。

要是普通的人，在這樣的情境裡，一定可以減少自己的貪心。可是在黑寶，雖然幾乎弄到快要死去，卻還是想念著蛇。

「蛇來了嗎？」

「蛇還沒有來麼？」

「快些來，來咬小燕子的腳吧！」

這樣地說著囈語。

後來，好容易疾病痊癒了。

於是，黑寶這樣說：

「沒有辦法，讓我自已裝扮了一條蛇吧！」

聽到這話的黑寶的妻急得喊起來：

「啊，那怎麼可以！你怎麼可以扮蛇呢？」

「不，除了我扮蛇以外，再沒有其他的方法！」

黑寶很平淡地回答。

於是黑寶做了蛇的面具，戴上以後，偷偷地走近了燕子的巢兒。

可憐的小燕子，眼見了戴著蛇的面具的黑寶，便竄跳了起來。

「燕子喲，不要動！」

黑寶說。

「我是蛇兒，所以要咬你的腳了！」

他這樣說著，捉住了小燕子，把這可愛的腳，撲地一聲給輕輕地折斷了！

然後，又敏捷地扔掉了蛇的面具，這樣說：

「啊，怪可憐呢，蛇兒傷害了您麼？」

說著，裝做哀憐的模樣，拾起創傷了的燕子，再把藥品敷了上去。

「塗了這許多的藥呢！這些藥品價錢很貴，所以將來，請多多地報答我吧！」

他說著這樣貪心的話。

燕子痛苦得哭泣著，滾動著，撲著翅膀地走。

眼見了這樣的黑寶，便很快活，自言自語地：

「哎呀，哎呀，是這樣，沒有錯！當你回去再出來的時候，一定要帶給我——帶給我巴卡基的種子呀！別忘了呀！」

第十二章　燕子的王帝憤怒了

這小燕子哭著哭著，在天空裡飛舞，好容易才加入到另外的一些同伴裡。

「怎麼樣呢？那隻腳是——」

同伴們詢問著。

「給黑寶折壞了的呀！」

小燕子含著眼淚，把事情的經過，從頭至尾地說了出來。

「有這樣殘忍的人麼？」

「啊，怪可憐的！」

這樣地嘆息了起來。

「把這些情形全告訴給王帝就是了！」

中間有憤怒的燕子這麼說。

「一定要告訴！」

「一定要復仇！」

大家都很憤怒地慫恿他。

而且，帶著憤怒，一直向南方，向南方地飛去了。

可是那小燕子，卻正如預料一般地，飛不動了。創傷阻止了它的飛翔。再加黑寶敷著的藥，是很廉價的藥品，所以漸漸地覺得刺痛起來。黑寶的醫治是草率的，同樣是包紮，可是和真心的白寶的包紮是不同的。

經過了暴風雨，在海上飛著的時候，因為得到同伴的幫助，才慢慢地找到了自己的燕子的國度。

不久，大家被召集在王帝的面前。

「嗯。大家都回來了啊！」

王帝把大家看了一下。

然後，一個一個地，聽取它們這期間所經歷的報告。

最後，王帝的眼睛停留在那隻小燕子的身上。

「怎麼，你的腳不是跛著的麼？」

王帝有些奇怪起來。

「是的。我是……」

小燕子嗚咽著掉下了眼淚。

「有什麼怨恨的事情麼？」

王帝哀憐地說。

「是的，都說出來吧：這隻腳是給黑寶折壞的！……」

小燕子嗚咽的說。

「什麼？是給黑寶折壞的？」王帝憤怒地大聲問。「這個黑寶，和你有什麼怨仇，才折壞了你的腳呢？」

「不是怨仇的事情。」

小燕子說。

「既沒有什麼怨恨，那麼折壞了腳，不是更叫人莫名其妙麼？這到底是為了什麼原因呀？」

王帝憤怒到了極點。

「說起來，那還是因為去年把巴卡基的種子給了白寶的原故。」

小燕子的話，對於王帝更弄得莫名其妙了。王帝說：

「這是報了白寶的恩德呀，不是麼？」

「我很知道這些。」小燕子點點頭。「可是黑寶嫉妒著白寶的做了富翁，所以，要是跟白寶那麼同樣地做了，那自己也會得到巴卡基的種子，所以把我的腳也折壞了。」

聽了這些話，王帝大大地憤怒起來。

這裡，王帝站起來說：

「好的！這個黑寶，一定要給他顏色看看！」

到了第二年的春天。

燕子們又要到北方去了。大家都在王帝的面前告別。

「是的，希望大家平安地過日子。」

王帝對每隻燕子說了這樣溫柔的話。

最後，來了那隻跛腳燕子。

「嗯。你把這個帶去吧。把這個帶給黑寶就是了。」

王帝把一粒黃色的種子拿給它。

在這種子上，刻著小小的字兒：

報答怨仇的

巴卡基

燕子接受了它，從王帝的面前退出來。

然後飛上了天空，開始向北方——向北方飛去了。

第十三章　復仇的種子

就像來的時候一樣，帶著悲苦味兒的跛腳燕子，很平安地飛向黑寶的家裡。

這時期，黑寶天天站在天井裡，等待著燕子的來。

而且，每次看見了燕子，總是問：

「是來報答恩惠的燕子吧？」

可是這些燕子都打他的門口那兒飛過而沒有進來。

「──」

燕子叫著過去了。

「這些鬼東西，都是忘恩負義的！」

黑寶有些憤怒了起來。

但聽到這些話的燕子們，都這樣說：

「你做了不好的事情，卻還不知道自己的錯！」

「真是無恥的東西！」

「對於壞良心的人，真是沒有辦法！」

一面說著這樣的話，一面卻不停留地飛了過去。

最後，卻終於來了那隻送禮來的燕子。

於是黑寶跟著那燕子嚷：

「啊，是你！是你！」

接著又說：

「這是腳上的傷，一看就知道。啊，謝謝你！你把巴卡基的種子帶來報答我了！喲，快些給我吧！」

這樣地說著，簡直搶奪一般地，跑著衝過去。

燕子把身體閃了開來，在黑寶的頭上兜著圈子。

「啊，怎麼？把這種子帶到哪裡去呢？是在這裡，快快丟在這裡吧！……」

他慌慌張張地嚷著，手裡拿了草梗，緊跟在燕子的後面：

「別上草堆那兒去呀，這會給人家拾去了的。快些，帶到這兒來吧！」

這裡，燕子漸漸地飛近，把種子丟下來了。

「哈……」

黑寶笑了一聲，拾起了種子。

當然，因為他是不識字的人，所以他不懂得在這種子上寫了什麼樣的字。

他很小心地把這種子種下了。

經過了四五天，芽兒已經出來。而且不久，只見有蛇兒那麼粗的藤蔓伸開來，像雨傘那麼大的葉子長出來。

黑寶真是非常地快活。

「快快地，開花吧，開花吧！」

他這麼說。接著又：

「快快地，結果吧，結果吧！」

他等得不耐煩了，好像已經再也不能等待下去了，他好像希望能在一天之內立刻長成很大的巴卡基似的。

實際上，後來，結成了比巴卡基大了好幾倍的巴卡基。

而且這樣的巴卡基有十二個。

「喲，這很好！」

黑寶快活得很。

他想：白寶只有四個，可是已經做了大富翁了。

（我要做了比白寶大三倍的大富翁呢！）

可是每一個巴卡基，又都比白寶的大了十倍。

因此黑寶的心裡很高興：

（那是一定的，比白寶要多三十倍的寶物會出來的吧！）

「喲，喲！……」

漸漸地到了剖開巴卡基的時候了。

可是要剖開這樣大的巴卡基，普通的鋸子是沒有用的。而且必須雇傭工人。

因此定做了很大的鋸子。但工人卻不容易雇到。

「不行。這樣大的巴卡基，看來也令人害怕的。」

工人們一看見巴卡基，嚇得都走開了。

好容易後來才雇到了兩個工人，一個是屈嘴的，一個是駝背的。

但這兩個人說：

「每剖開一個巴卡基，要給二十兩金子，否則可不幹！」

黑寶卻只顧巴卡基裡的東西，所以快活得說：

「就給二十兩一個吧，快些給剖開來！」

這裡，那屈嘴和駝背的人，開始拉動鋸子了。

巴卡基鋸著發出石頓石頓的聲音。

「好硬的巴卡基！」屈嘴的人說。

「簡直像石頭！」駝背的人說。

但是，黑寶卻咆哮了：

「說什麼呀！每個巴卡基給你們二十兩就是了！」

這時候，二十兩是很多的金子。

但黑寶已經顧不了這些！

他只想：快快剖開巴卡基，從裡面出來了許許多多寶物，那就多好啊！

因此他把酒和飯給他們吃，催促他們快些鋸開來。

這中間，巴卡基一點一點地剖開來了。

於是，從中間可以聽到奇妙的聲音。

「奇怪呀！」

黑寶豎直了聽著的耳朵，不知怎的，那裡面有讀書的聲音。

「快剖開來，快剖開來！」

黑寶不能忍耐地叫。

而巴卡基卻「拍」地剖開來了。

呀，出來了！真的是不可思議的東西接連地出來了！出來了呀！

第十四章　不可思議的客人

出來的是三個人，一個是白胡髭的老人，一個是黑胡髭的人，一個是年青人。

三個人各拿了一冊書，一面大聲地讀著，一面走出來了。

而且，突地眼看著黑寶，三個人同聲說：

「喲，你在這裡麼？」

「盡找著你，連腳底也都磨穿了。」

「你的父親在我家裡做奴隸，但有一天，在夜裡逃脫了。因此，快把雇傭你父親時候所給的錢還給我吧。」

黑寶仔細一想，實際上的確有這樣的事。

「假使不拿出來，那要到衙門裡去告狀！」

因為被這樣恐嚇著，所以黑寶問：

「是多少錢呢？」

「三千兩！」

三個人同時回答。

黑寶沒有辦法，只得把金子拿出來。

「哎呀，哎呀，出來的是要錢的人！」

黑寶垂頭喪氣地喃喃著。

可是，在第二個巴卡基裡，一定會有寶物的。這樣地想著，又取了第二個。

「喂，這一次要用心地鋸。因為你們鋸得不好，所以出來了那樣的人。」

他向屈嘴和駝子這麼叮囑著。

這裡，那屈嘴和駝子又開始鋸起來了。

「這一回，才會有珍貴的寶物出來了吧。」

這麼想著，等待著。隨後，從巴卡基裡聽到敲金子的聲音，打大鼓的聲音和吹笛的聲音。

「呀，這一回真是寶物了！這和以前的不同！」

黑寶快活極了！

可是，出來的人，在他倆的手裡都拿著竹杆，求乞著。

一面可怕地跳著舞著，一面還敲打著樂器。

「給些錢吧！」

「給些米吧！」

吵鬧著。

要是不給他們，這些乞丐會把家裡所有的東西，只要看見的東西，都會帶了走。因此，眼見這樣的黑寶，便毫無辦法，只得拿出一百兩金子和三石米，把他們騙走了。

「哎呀，哎呀，老是出來要錢的人！但這一次，會有很好的寶物出來了吧？」

這麼說著，又取了第三個巴卡基。

可是，那屈嘴和駝子卻已經不在這裡了。

「喂，屈嘴！」

「喂，駝子！」

黑寶這樣叫著。原來這兩個人，因為給剛才的吵鬧嚇壞了膽，都逃到倉庫裡去了。

「不，已經是嚇得很夠了！」

「我要回去啦！」

屈嘴和駝子這樣說。

為了要勸住他們，黑寶又給了他們許多金子。

而且，又取來了第三個巴卡基。

可是從這第三個巴卡基裡出來的，卻是披著黑袈裟的大批的乞食和尚。

「南河阿迷陀佛！南河阿迷陀佛！」

這樣地念著經走出來。

「請布施吧！」

他們強要著。
「沒有錢啦，走開！」
黑寶咆哮起來。
可是這些乞食和尚，卻還是討厭地糾纏著。
因此黑寶這樣說：
「請你們看看下一個巴卡基有沒有寶物出來。要是有寶物出來，那就布施點兒。」
乞食和尚們把第四個巴卡基細看了一下，回答：
「不錯，有寶物出來，請安心吧。」
「是怎樣的寶物呢？」
黑寶眼巴巴地問。
「是黃顏色的東西出來。」
乞食和尚說。
「黃顏色的東西！那一定是黃金啦！」
黑寶這樣想，便送了五千兩金子，叫他們回去。

「啊，再剖！」
黑寶不顧一切地嚷。
但是黑寶的妻叫起來：
「已經不行了。老是這樣的人出來，家裡的財產可完結啦。請不要剖了吧。」
黑寶卻是非常堅決：
「說什麼？據說，這一次才有黃金出來呢！」
他吩咐了屈嘴和駝子剖開第四個巴卡基！
可是，怎麼的呢？出來的卻是殯葬的轎子。殯葬的人都穿著黃色的衣服。
四十個轎夫，抬著一個死了的人。
並且，把這轎子在黑寶的天井裡放下來，說道：
「呀，就在這裡建築墳墓吧。」
「那是什麼話呢？在人家的天井裡做墳墓，怎麼受得了？」
黑寶急得叫起來。
「是的，這是閻王的命令。非在這裡築墳墓不可！」
穿著黃衣服的人們，固執地這麼說。

「那麼，沒有其他的補救辦法了麼？黑寶有些失望起來。

「有是有的。」黃衣服的人們這樣回答。

「那麼請告訴我吧！」黑寶懇求。

「好！拿出一萬兩金子！」

「一萬兩？」

黑寶嚇了一跳。

然而事情已經到了這步田地，別說一萬，就是十萬兩也要拿出來呀！

因此，拿出了一萬兩，轎子扛了死屍走了，但黑寶的財產，已經完全沒有了。

「寶物不會再有麼？」

黑寶問著那遠遠離開了他的轎夫們。

「不，也許會有的。」

轎夫們這樣回答。

「是吧。在餘下來的八個裡面，一定會有寶物的。要是這樣，那好好的剖開來看。」

心裡這樣決定了以後，便催促那屈嘴和駝子。

然而，這一次，出來的是很多的女巫。所謂女巫，那便是伺奉著各種神的女人。她們一到了這裡，無論怎樣，得把米和金錢之類布施給她們。為什麼呢？——因為如果觸怒了女巫，那就會叫了凶惡的神來，把災禍降到了家裡。

心裡害怕著的黑寶，只得拿出了五千兩金子，這才遣散了這些女巫們。要是普通的人，在這樣的情景下早已灰心了吧，可是黑寶是貪心不足的，所以一定要想得到寶物，把失去的財產補回來。

因此又取了第六個巴卡基。

這次的巴卡基，不知為了什麼，是很重的。

「是啊，寶物一定會出來了。」

這樣想著，黑寶非常的快活。

可是，背上揹著黃色行李的人，竟出來了三千個！

「喲，這樣多的人！」

黑寶有些奇怪，但後來一想，那些行李裡也許都包著金子！

「你們背上的行李裡都是寶物吧？啊，請快些在這裡拿出來吧！」

黑寶向這些人要求。

「胡說！」

有一個人說。

「我們是做生意的商人。」

另外的一個人說。接著有許多人用很粗魯的聲音吆喝：

「喂，這些東西都買了吧。不然的話，要把這房屋用火來燒掉了！」

這真是為難啊！而且是這樣多的人！

「諸位，請寬恕吧。我在這個巴卡基裡，要變做乞丐了。」

黑寶乞求他們的憐惜。

「我們不管！喂，到底要買東西呢，還是要毀掉這個房子？」

他們只是威嚇著。

沒有辦法，黑寶拿出了金子三千兩，並且乞求原諒，這才哄走了這三千個人。

「請不要再鋸了吧。」

屈嘴勸他。

「就這樣結束了吧。」

駝子也說。

可是，黑寶卻仍舊帶著貪心地說：

「不，只要再剖開一個。」

因為這一次，他以為，寶物一定會出來的。

因此又取了第七個巴卡基。

可是從第七個巴卡基裡出來的，是大批的無賴惡棍。他們從巴卡基裡一出來，就向黑寶撲去，捉住他的頭部，抓住他的領襟。

「喂，嘿，性命要緊呢，還是金錢要緊？」

「阿，救命！救命！」

黑寶的喉嚨被扠住，幾乎要死去。

「嗯。救是可以的。但是你必須拿出錢來！」

那些無賴漢這樣回答。

黑寶又拿出了不少的錢

「哎呀，哎呀，可怕的遭遇呀！」

黑寶被釋放以後，這樣說。

但還是鋸了第八個吧，試看一下吧。

「這一次，寶物一定會出來的了。」

這麼說著。又取了第八個。

貪心的黑寶，只是目瞪口呆地看著。

當然，從第八個巴卡基裡出來的，並不是寶物。

出來的只是三百個乞食的歌手。是唱著歌，走著討錢的人。

大家都用很好聽的聲音唱著歌。

可是黑寶卻已經是糊里糊塗地，想給錢，但已經是沒有了。

「喂，喂，你們的聲音，實在是很好。因為我被你們感動，所以把我的田地來作報酬吧。」

他這樣地說。

呀，真是的：黑寶說完了以後，就把田地的單據交給他們帶走了。

因此，黑寶變得一塊田地也沒有的了。

屈嘴和駝子眼見了這些，心想逃走。因為他們害怕黑寶要把這種事情鬧到他們自己的身上來。

「不，那樣的事情可決不會的。」

黑寶還是非常的樂觀。

而且，還以為現在的歌手們，正是祝賀著他的獲得寶物，因此又取了第九個的巴卡基。

呀，這一次可出來了什麼呢？……

第十五章　黑寶依舊是黑寶

從第九個巴卡基裡出來的，單單看來就已經是很可怕的幾百個人。

駝子，一隻眼，屈嘴，跛腳，一隻手，沒有腳的，沒有鼻子的，沒有耳朵的，還有聾子，羊癲瘋，生瘡的，而且還有矮子，瘦子，胖子等等各式各種的人。

「黑寶先生，你可憐我們吧！」

「讓我們在你府上吃東西吧！」

口口聲聲地這樣說。

呀，一看就知道這是不好的壞人，所以黑寶婉言謝絕他們：

「在我家裡，已經什麼也沒有了。」

此外又說了不少推諉的話。可是滿以為他們要出去了，卻還是沒有出去。終於，他們要走進黑寶的屋裡去了。

這時黑寶可覺得不妥，便給了五百兩金子，叫他們回去了。

「現在是第十個巴卡基。這一次該有寶物出來了吧？」——這真是貪心的黑寶呀！

他這麼說著，便把第十個巴卡基拿來了。

於是，有幾百個手裡拿了手杖的瞎子走出來。

而且，有的拉住了黑寶的手，有的摟住了他。

「啊，不好。不要這樣。請說吧，是要些什麼呢？」

黑寶這樣問。

「是啊，請給五千兩金子！」

瞎子們齊聲這麼說。

於是又給拿去五千兩金子。曾經是很富的富翁，但現在已經什麼也不剩了。

「哎，這一次寶物一定會出來。要不是這樣，那我真的變得一個錢也沒有的窮光蛋了。

這樣地嘆息著，便又拿起第十一個的巴卡基。

剖開一看，中間發出雷樣的聲音，定了定神仔細地看，原來是很高的，似乎有一座城牆那樣高大的巨人出來了。

而且，一隻腳踏住了黑寶，咆哮起來：

「黑寶，聽好！」

「你記得你怎樣地不孝你的父母？」

「虐待你弟弟的事情可忘記了沒有？」

「你只知道錢！」

「你這貪心的黑寶！」

「像你這樣沒有禮義廉恥沒有人情的人，我要立刻殺掉你！」

啊喲！黑寶已經沒有生的希望了。這一次，黑寶一定要死了！

「請不要，不要這樣。救，救，救命呀！……」

黑寶伏在地上，認了錯，而且答應以後不再這樣做。

「是麼？那末，我就——饒恕了你吧。」

那巨人放了他。

「此後，對於弟弟白寶，要好好的待他呀！」

他這麼叮囑著，回去了。

但是黑寶卻只是想著：這一次可沒有拿掉了什麼，真運道！便很快地，把剛才的話一股腦兒地忘記了。

因此，黑寶想——

（這已經是最後的一個了。這是第十二個巴卡基。這一次一定會有寶物出來的！）

所以他低聲地說：
「在剛才那一位巨人的寬恕下，我要做一個完全的好人！」
「所以，這一次，一定會有寶物出來了吧。」
於是他假裝著好人，把最後留下的第十二個巴卡基剖開來。
但什麼聲音也沒有。
他於是非常鎮定地說：
「這一次，才一定是寶物了！」
黑寶這樣地說著，巴卡基真的剖開來了。
從巴卡基裡出來的，卻是蒸發出美味的香氣的菜肴。
「啊，肚子餓啦。就把這個吃了吧！」
說著，黑寶和妻吃起菜肴來了。
可是──
「啊，好，好吃，──咕！」
「想再，再吃一些，──咕！」
「──咕，好吃，──咕！」

「不，出了事情了！——咕！」

「——咕，不要了，——咕！」

黑寶可生出「——咕」的病來了。

哭著嚷著，可是「——咕」卻還是叫出來。

後來好容易「——咕」的病好了以後，貪欲卻又起來了。

「啊，真為難！這麼著，財產可完全沒有啦！」

一面這樣地嘆息，一面走到天井的角落裡去一看，只見還有一個巴卡基給遮在草堆裡。

「還有哪！」

黑寶快活得叫出來。

「在這裡，才是有著真正寶物的巴卡基了。這簡直像是山一般大的巴卡基呀！」

他這樣地喊，快活得自己好像立刻就變做一個大富翁。

無論遇到什麼危險，黑寶的貪心總是不會改變的。

黑寶依舊是黑寶！

第十六章　白寶的愛是偉大的

在第十三個巴卡基裡，有著許多的垃圾，爛泥和尿糞之類。

因此，把它剖開的時候，連連續續流出來的，都是垃圾，爛泥和尿糞，像海一般地倒出來，非但是黑寶的房屋，就是整個的村子也都給掩埋了。

而且臭氣觸鼻，令人難受，再加村裡的人們沒有了家，便都吵吵鬧鬧的跑過來了。

當然，黑寶是要賠償他們的全部損失的。

可是已經一個錢也沒有的黑寶，叫他用什麼來賠償呢？

大批大批的村裡的人們，都圍住了黑寶：

「像你這樣不孝父母的人，這樣的遭遇是應該的！」

「把弟弟白寶虐待，怎麼可以呢？」

「喂，快些給我們造屋子吧！」

「把這些臭東西清除開去！」

這樣，口口聲聲地大聲地嚷。

剛巧這時候，聽到了這傳聞的白寶趕來了。

這時候，他就幫助了哥哥黑寶和黑寶的妻，他說：

「哥哥，我可以賠償這一切，讓我來解決，請你安心吧。」

說著，他把適當的金錢付給了村裡的人，他又雇傭了工人，把那些骯髒的臭東西搬開去。

又為了黑寶，他建造了漂亮的房屋，還送給他金錢，米和田地是多麼摯愛的有情義的白寶呀！

因為白寶是這樣的好人，所以子孫很多，能夠平安而且長久地過著大富翁的日子。

這是一個正直而摯愛的人。

我們都要做一個像白寶那樣的好人。——一個正直而摯愛的人。關於這，我想，諸位一定是知道得很明白的。

編注：本篇作品原作者為朝鮮張赫宙，後由范泉翻譯成中文。插圖作者為陳煙橋。

注①：巴卡基，是一種藤莖植物，結成的果實類似胡蘆，但卻又是一個單獨的圓瓜一般。因為還沒有適當的譯名，所以在本書裡都從音譯。

注②：諾羅寶是哥哥的名字，福寶是弟弟的名字。

編後記

欽鴻

如果不是為范泉先生整理生平經歷和文學活動的資料，怎麼也不會想到，這位編輯名家竟然有著這麼多的文學成就。他既擅長多種體裁的文學創作，又關注文學評論和文藝理論，在文學翻譯方面也卓有建樹。他不但努力在成人文學的園地辛勤耕耘，而且還熱忱地為少年兒童們提供豐盈的精神食糧。即以他的兒童文學創作和翻譯來說，與某些終身傾力於此者相比也未必遜色，無怪乎治《中國現代兒童文學史》的學者要闢專頁對他作介紹了。

范泉從小熱愛文學，尤其對兒童文學具有濃厚的興趣，早在就讀於上海光華大學附中期間，他便在《光華附中》半月刊上發表過洋洋萬餘言的兒童文學論文〈論安徒生加樂爾愛羅先珂三大童話家之思想與藝術〉，同時還寫了〈人類消滅了〉〈討厭的人〉〈兩路燈〉等童話作品。嗣後在從事文學編輯的漫長生涯中，他的這一興趣有增無減，始終不衰，直到晚年，他還與另一位編輯家范用一起，熱心地為《文匯報》青年編輯顧軍主持的「逝去的童年」專欄組稿，自己也寫了回憶兒童生活的散文〈甜了嘴巴苦了腿〉。由此可見，他與兒童文學結下了一輩子的不解之緣。

檢點范泉在兒童文學方面的勞績，大致可分為評論與研究、名著譯介和作品創作三大部分。

評論與研究部分，除了上述〈論安徒生加樂爾愛羅先珂三大童話家之思想與藝術〉的長篇論文外，范泉還發表過〈兒童劇‧〈鬍子和駝子〉‧成人的任務〉〈新兒童文學的起點〉〈論兒童文學〉等文，對兒童文學的時代特徵、作家職責、藝術要求以及創作和出版諸問題作了闡述。另外，他與兒童文學家陳伯吹、賀宜等人一直有著密切的友誼往來，特別對同鄉前賢賀宜，還寫過多篇文章記述他在兒童文學勞作方面的貢獻。從中可以看出，作為一個兒童文學作家，他對兒童文學的關注不完全出於自己的興趣，而且還有著一份理性的自覺。

名著譯介部分，范泉從日文翻譯過朝鮮作家張赫宙的長篇童話《黑白記》，此外，主要是精選一些富有教育意義的世界著名兒童文學作品和以少年兒童為主角的世界名著，或從外文版原著翻譯縮寫，或從中文版譯本著手，壓縮改寫成篇幅短小、通俗易懂並符合中國兒童閱讀興味的故事，如《愛麗思夢遊奇境記》《吉訶德先生傳》《魯賓孫飄流記》《木偶奇遇記》《天方夜譚》《安徒生童話集》《格列佛遊記》《格林童話集》等等，有十數冊之多。這些作品，上世紀四〇年代末至五〇年代初被編入他自己主編的「少年文學故事叢書」和「通俗本叢書」內，由上海永祥印書館出版後，顯然受到廣大少兒讀者的喜愛和歡迎，幾十年時光流逝而魅力不減。所以范泉於一九九七年又將其中一部分重加修訂，由長春時代文藝出版社編入「世界少年文學名著故事叢書」再次出版。

作品創作部分，又可以分為三個方面。

一是童話創作。除了上述〈討厭的人〉等中學時代創作的童話以外，范泉於上世紀四〇年代主編《文藝春秋》之餘，也在上海《小朋友》《少年世界》《童話連叢》等刊物上發表多篇童話故事，並出版了《哈巴國》《幸福島》（在刊物連載時題名〈海島奇遇記〉）兩部中篇童話。這些作品以中篇童話《哈巴國》和《幸福島》為代表，主要是通過少年兒童的視角，借一些看似荒誕的奇遇故事，來反映當時社會的專制、腐敗、黑暗，以及人民大眾對民主、平等、自由、幸福的生活的渴望和為此所進行的鬥爭。作品情節離奇而曲折，人物形象鮮明而有個性，語言生動而富於表現力，讀來引人入勝，娓娓動人，從而強化了作品在現實社會中的衝擊力，甚至連香港、蘇聯的報刊、電臺都有評論予以褒評。

二是臺灣高山族傳說故事的寫作。這其實也是范泉對臺灣文學研究的一個成果。范泉在臺灣新文學研究上貢獻甚巨，他第一個提出臺灣文學是中國文學的一部分，從而成為臺灣新文學研究的奠基人。而他的研究又兼及民間文學，關懷的物件更是海峽兩岸的少年兒童。他在二百餘篇高山族民間故事中選取精華，摒棄糟粕，經過他的文學筆觸的描寫，創作了一批弘揚正義、崇尚善良、反對邪惡、鞭撻私利的傳說故事，如〈巨人的死〉〈太陽和月亮的故事〉〈烏龜的智慧〉〈芭蕉的憤怒〉〈烏鴉和翠鳥〉〈紙鳶的尾巴〉等，先是在上海《現代兒童》雜誌逐期連載，後又結集為《神燈》由上海中原書局出版。這些優美動人的作品是臺灣文學乃至中國文學的珍品，直至今天，仍然可以給包括少年兒童在內的廣大讀者以思想上的啟迪和藝術上的感染。

三是以兒童為題材的小說和散文的創作。范泉從開始文學創作就關注少年兒童的生活素材，三〇年代就在《光華附中》發表過以兒童為視覺創作的小說〈龍頭水〉，到四〇年代他在縮譯和創作童話故事的同時，還發表了兒童小說〈五月〉（收入《少年知識故事》一書時易名為〈生活的故事〉）〈兒童節〉〈鼻涕〉，散文〈大地山河〉〈幸福島〉等作品，表現了他對兒童文學創作一以貫之的熱情。

由於范泉從上世紀五〇年代初就受到左傾思潮的衝擊和迫害，幾十年來，他創作的兒童文學作品從未獲得重版的幸運，以至知之者已經少之又少。然而，他的這些作品的動人風采並未被歷史的風塵所掩埋，時至今日依然煥發出穿透時空的思想與藝術之魅力。因此我在整理他的文學資料時，情不自禁地編選了這部兒童文學作品選《哈巴國》。這是我繼《范泉紀念集》《范泉編輯手記》《范泉文藝論稿》《范泉晚年書簡》《斯緣難忘——范泉散文選》之後，為他編選的第六本書，本來早在二〇〇七年三月就已完成，可惜一直沒有找到出版社。不久前，接到海豚出版社來信，表示《中國兒童文學經典懷舊系列》可以收入范泉的兒童文學作品集，我不免深受鼓舞，便立即動手，在原稿基礎上略加補充增刪，並寫了這篇小記，希望能夠早日與讀者見面。

二〇一一年四月二十六日編定

於南通四風樓

為重寫中國兒童文學史做準備

眉睫（簡體版書系策畫）

二〇一〇年，欣聞俞曉群先生執掌海豚出版社。時先生力邀知交好友陳子善先生參編海豚書館系列，而我又是陳先生之門外弟子，於是陳先生將我點校整理的梅光迪講義《文學概論》（後改名《文學演講集》）納入其中，得以出版。有了這個因緣，我冒昧向俞社長提出入職工作的請求。俞社長看重我對現代文學、兒童文學研究的能力，將我招入京城，並請我負責《豐子愷全集》和中國兒童文學經典懷舊系列的出版工作。

俞曉群先生有著濃厚的人文情懷，對時下中國童書缺少版本意識，且缺少人文氣質頗不以為然。我對此表示贊成，並在他的理念基礎上深入突出兩點：一是以兒童文學作品為主，尤其是以民國老版本為底本，二是深入挖掘現有中國兒童文學史沒有提及或提到不多，但比較重要的兒童文學作品。所以這套「大家小書」，頗有一些「中國現代兒童文學史參考資料叢書」的味道。此前上海書店出版社曾以影印版的形式推出「中國現代文學史參考資料叢書」，影響巨大，為推動中國現代文學研究做了突出貢獻。兒童文學界也需要這麼一套作品集，但考慮到兒童讀物的特殊性，影印的話讀者太少，只能改為簡體橫排了。但這套書從一開始的策劃，就有為重寫中國兒童文學史做準備的想法在裡面。

為了讓這套書體現出權威性，我讓我的導師、中國第一位格林獎獲得者蔣風先生擔任主編。蔣先生對我們的做法表示相當地贊成，十分願意擔任主編，但他畢竟年事已高，不可能參與具體的工作，只能以書信的方式給我提了一些想法，我們採納了他的一些建議。書目的選擇，版本的擇定主要是由我來完成的。總序也由我草擬初稿，蔣先生稍作改動，然後就「經典懷舊」的當下意義做了闡發。可以說，我與蔣老師合寫的「總序」是這套書的綱領。

什麼是經典？「總序」說：「環顧當下圖書出版市場，能夠隨處找到這些經典名著各式各樣的新版本。遺憾的是，我們很難從中感受到當初那種閱讀經典作品時的新奇感、愉悅感、崇敬感。因為市面上的新版本，大都是美繪本、青少版、刪節版，甚至是粗糙的改寫本或編寫本。不少編輯和編者輕率地刪改了原作的字詞、標點，配上了與經典名著不甚協調的插圖。我想，真正的經典版本，從內容到形式都應該是精緻的、典雅的，書中每個角落透露出來的氣息，都要與作品內在的美感、精神、品質相一致。於是，我繼續往前回想，記憶起那些經典名著的初版本，或者其他的老版本——我的心不禁微微一震，那裡才有我需要的閱讀感覺。」在這段文字裡，蔣先生主張給少兒閱讀的童書應該是真正的經典，這是我們出版本套書系所力圖達到的。第一輯中的《稻草人》依據的是民國初版本、許敦谷插圖本的原著，這也是一九四九年以來第一次出版原版的《稻草人》。至於解放後小讀者們讀到的《稻草人》都是經過了刪改的，作品風致差異已經十分大。俞平伯的《憶》也是從文津街國家圖書館古籍館中找出一九二五年版的原著來進行重印的。我們所做的就是為了原汁原味地展現民國經典的風格、味道。

什麼是「懷舊」？蔣先生說：「懷舊，不是心靈無助的漂泊；懷舊也不是心理病態的表徵。懷舊，能夠使我們憧憬理想的價值；懷舊，可以讓我們明白追求的意義；懷舊，也促使我們理解生命的真諦。它既可讓人獲得心靈的慰藉，也能從中獲得精神力量。」一些具有懷舊價值、經典意義的著作於是浮出水面，比如孤島時期最富盛名的兒童文學大家蘇蘇（鍾望陽）的《新木偶奇遇記》；大後方為少兒出版做出極大貢獻的司馬文森的《菲菲島夢遊記》，都已經列入了書系第二批順利問世。第三批中的《小哥兒倆》（淩叔華）《橋（手稿本）》（廢名）《哈巴國》（范泉）《小朋友文藝》（謝六逸）等都是民國時期膾炙人口的大家作品，所使用的插圖也是原著插圖，是黃永玉、陳煙橋、刃鋒等著名畫家作品。

中國作家協會副主席高洪波先生也支持本書系的出版，關露的《蘋果園》就是他推薦的，後來又因丁景唐之女丁言昭的幫助而解決了版權。這些民國的老經典，因為歷史的原因淡出了讀者的視野，成為當下讀者不曾讀過的經典。然而，它們的藝術品質是高雅的，將長久地引起世人的「懷舊」。

經典懷舊的意義在哪裡？蔣先生說：「懷舊不僅是一種文化積澱，它更為我們提供了一種經過時間發酵釀造而成的文化營養。它對於認識、評價當前兒童文學創作、出版、研究提供了一份有價值的參照系統，體現了我們對它們的批判性的繼承和發揚，同時還為繁榮我國兒童文學事業提供了一個座標、方向，從而順利找到超越以往的新路。」在這裡，他指明了「經典懷舊」的當下意義。事實上，我們的本土少兒出版是日益遠離民國時期宣導的兒童本位了。相反地，上世紀二三十年代的一些精美的童書，為我們提供了一個座標。後來因為歷史的、政治的、學術的原因，我們背離了這個民國童書的傳統。因此我們正在努力，力爭推出真正的「經典懷舊」，打造出屬於我們這個時代的真正的經典！

但經典懷舊也有一些缺憾，這種缺憾一方面是識見的限制，一方面是因為審稿意見不一致。起初我們的一位做三審的領導，缺少文獻意識，按照時下的編校規範對一些字詞做了改動，違反了「總序」的綱領和出版的初衷。經過一段時間磨合以後，這套書才得以回到原有的設想道路上來。

欣聞臺灣將引入這套叢書，我想這對於臺灣人民了解大陸的兒童文學是有幫助的。林文寶先生作為臺灣版的序言作者，推薦我撰寫後記，我謹就我所知，記述於上。希望臺灣的兒童文學研究者能夠指出本書的不足，研究它們的可取之處，為重寫兩岸的中國兒童文學史做出有益的貢獻。

二〇一七年十月於北京

眉睫，原名梅杰，曾任海豚出版社策劃總監，現任長江少年兒童出版社首席編輯。主持的國家出版工程有《中國兒童文學走向世界精品書系》（中英韓文版）、《豐子愷全集》《民國兒童文學教育資料及研究》，主編《林海音兒童文學全集》《冰心兒童文學全集》《豐子愷兒童文學全集》《老舍兒童文學全集》等數百種兒童讀物。二〇一四年度榮獲「中國好編輯」稱號。著有《朗山筆記》《關於廢名》《現代文學史料探微》《文學史上的失蹤者》，編有《許君遠文存》《梅光迪文存》《綺情樓雜記》等等。

民國時期經典童書 A0801025

哈巴國

作　　者 范　泉
版權策劃 李　鋒

發 行 人 陳滿銘
總 經 理 梁錦興
總 編 輯 陳滿銘
副總編輯 張晏瑞
編 輯 所 萬卷樓圖書(股)公司
特約編輯 沛　貝
內頁編排 林樂娟
封面設計 小　草
印　　刷 百通科技(股)公司

出　　版 昌明文化有限公司
　　　　 桃園市龜山區中原街 32 號
電　　話 (02)23216565
發　　行 萬卷樓圖書(股)公司
　　　　 臺北市羅斯福路二段 41 號 6 樓之 3
電　　話 (02)23216565
傳　　真 (02)23218698
電　　郵 SERVICE@WANJUAN.COM.TW
大陸經銷
廈門外圖臺灣書店有限公司
電郵 JKB188@188.COM

ISBN 978-986-496-089-7
2018 年 2 月初版一刷
定價：新臺幣 520 元

如何購買本書：

1. 劃撥購書，請透過以下帳號
   帳號：15624015
   戶名：萬卷樓圖書股份有限公司
2. 轉帳購書，請透過以下帳戶
   合作金庫銀行古亭分行
   戶名：萬卷樓圖書股份有限公司
   帳號：0877717092596
3. 網路購書，請透過萬卷樓網站
   網址 WWW.WANJUAN.COM.TW
   大量購書，請直接聯繫，將有專人為您服務。(02)23216565 分機 10

如有缺頁、破損或裝訂錯誤，請寄回更換

國家圖書館出版品預行編目資料

哈巴國 / 范泉著 . -- 初版 . -- 桃園市 : 昌明文化出版 ; 臺北市 : 萬卷樓發行 , 2018.02
面 ;　公分 . -- (民國時期經典童書)
ISBN 978-986-496-089-7(平裝)

859.08　　107001264